회색 하늘도 색색 빛깔
하늘로 바뀔 수 있어

회색 하늘도 색색 빛깔
하늘로 바뀔 수 있어

초판 1쇄 발행 2021년 6월 2일

글쓴이 : 환자 정 씨
펴낸이 : 김정원

펴낸곳 : 찜커뮤니케이션
　　　　등록번호 제 2015-000041호
　　　　등록일자 2015. 03. 03
　　　　주소 서울특별시 동대문구 장한로 18길31 201동 806호
　　　　전화 070-4196-1588
　　　　팩스 0505-566-1588
　　　　이메일 zzimmission@naver.com
　　　　포스트 http://m.post.naver.com/zzimcom

표지, 본문 일러스트 : 당아
인쇄, 제본 : 새한문화사 / 물류 : 런닝북

값 : 14,000원
ISBN : 979-11-87622-16-1

회색 하늘도 색색 빛깔

하늘로 바뀔 수 있어

목 차

여는 글

책을 본격적으로
읽기 전 안심하기

내가 셀프
병간호를 하는 이유

병원에서 꼭
확인해야 할 사항

유방암
환자 정 씨

살아남기 위해서
비장하게 실천한 것

여는
글

수면제는 단번에 끊으면 안 된다.

산 채로 죽음의 공포를 느끼는 금단증상을 겪을 수 있다. 그리고 금단증상으로 내 생명을 위협하는 위험한 결정을 할 수도 있다.

공황발작과도 비슷하고 공황장애로 이어지기도 한다. 그러니까 '단약' 계획을 잘 세운 후 '감약'(약의 용량을 줄여나가는 것)해야 한다. 단번에 단약했다가는 후유증이 심하게 남을 수 있으니 꼭 '단약 계획 후 안전하게 감약'을 기억했으면 한다.

수면제를 비롯한 정신과 약이 그렇다.

언제까지 먹어야 할지, 과연 끊을 수 있을지 매우 불안할 것이다.

이 불안함이 사실 가장 힘든 부분이다. 불안한 이유는 환우가 안전하게 단약하는 방법을 잘 모르고 알려주는 의사를 만나기도 어렵기 때문이다. 지금까지 살면서 어떤 진료과를 막론하고 처방해주는 약에 대해 효과, 부작용, 단약할 때 주의사항 등을 알려주는 의사는 단 한 번도 만난 적이 없다.

환우를 걱정하며 약에 대해 진심으로 알려주는 약사를 만난 적도 없다. 조금 알려주는 약사는 이 정도였다.

"이 약은 식사 전에 복용하는 게 나아요."

대부분 식사 후 30분 뒤에 복용하라는 게 많으니까 이 정도만 알려줘도 "오! 친절하시네!"라며 고마워했다. 하지만 그건 사실 약사의 도리를 다한 게 아니다. 먹는 약에 대한 효과와 부작용 등을 알려주는 게 약사의 의무다.

약만 처방해주는 의사도, 의사에게 받은 처방전의 약을 그냥 환우에게 건네며 계산하고 영수증만 주는 약사도 진정한 의사나 약사가 아니라고 생각한다.

수면제 등 정신과 약을 먹다 보면 환우는 많은 어려움에 부딪힌다. 그래서 감약하고 싶고 단약하고 싶다. 그 방법에 대해 먼저 알려주는 의사가 없다면 어떻게 할까?

환우와 보호자가 알도록 노력해야 하고 먼저 고통을 겪어본 사람이 '도움을 주기 위해' 적극적으로 알려줘야 한다.

정신과 약의 부작용과 단약이나 감약을 했을 때 겪는 금단증상 등의 이야기는 정신건강의학과 전문의나 중독전문의가 해야 하는 것 아니냐고 말하는 사람이 있을 것이다.

하지만 그런 전문적인 존중의 조언이 잘 이루어지고 있다면 왜 환우의 고통 가득한 호소가 그렇게 많을까? 안전하게 단약하고 감약하는 방법을 몰라 왜 지옥까지 다녀오는 극한의 고통을 겪는 것인가 말이다.

좋은 의사를 만나 안전하게 단약을 했거나 아니면 환우 본인이 정확한 정보를 알아 안전하게 단약을 하고 건강을 찾는 경우도 있다. 이런 경우처럼 환우를 정말 돕고 싶은 책임감 있는 의사를 만난다면, 환우 본인이 정보를 잘 알고 있다면 천운이겠지만 그건 정말 알 수 없는 일이다.

그래서 환우가 내 몸을 세밀하게 느끼고 의사에게 자세히 질문하며 자신을 지키자는 것이다. 이건 누구도 반박할 수 없는 사실이다.

'빨리 끊는 게 중요한 게 아니라 안전하게 끊는 게' 중요하다!

나는 유방암 환우이고 투병 중이다.

수면제나 정신과 약을 먹을 생각은 전혀 없었고 계획도 없었다. 그러나 향후 5년에서 10년까지 먹으라고 한 항호르몬제와 5년을 맞으라는 항호르몬 주사가 내게는 맞지 않았다.

특히 먹는 약인 항호르몬 약의 부작용이 너무 심했고 부작용 중 하나인 극심한 불면증으로 수면제를 먹게 되었다.

나를 더욱 힘들게 했던 방사선 치료 기간에는 해당 진료과 의사와의 면담 일이 여러 차례 있었는데 항호르몬제와 방사선 치료에 따른 부작용을 말하니 방사선 종양과 의사가 먼저 수면제를 처방해 줬다.

수면제의 부작용과 단약할 때 주의사항은 전혀 듣지 못한 채 '체력이 완전히 바닥난 상태'에서 약의 무서움을 잠깐 잊고, 의사의 말을 순수하게 따르면서 수면제를 먹은 것이다.

그러다가 갑자기 수면제를 단약했다.

12일째 복용하니 몸이 더욱 안 좋았고 '먹지 말아야 하겠다.'라는 본능이 들어서였다. 암 수술 이후 계속 이어지는 치료과정에서 백혈구와 호중구 수치는 원래의 절반 이하로 떨어졌는데 면역력과 체력이 떨어지고 먹는 약의 상호 작용이 많으니 기저질환인 심장부정맥, 당뇨, 고지혈증, 간수치(지방간) 상승 등 악화하였다.

그런 상태에서 시도한 단약은 최악의 부작용과 금단 증상을 불러왔고 그 여파로 급성 공황발작까지 겪었다. 그리고 예기불안, 광장공포증도 겪었다. 끔찍했다.

원래도 아픈 데가 많은데 암까지 걸려서 불안하고 두려워지니 경미한 공황장애와 같은 증상은 아주 가끔 겪었다. 하지만 그것은 암 환우라면 어쩔 수없이 닥치는 불안함인데 이런 느낌은 정말 처음이었다.

산 채로 죽음까지 다녀온 느낌, 비현실감, 내가 그동안 느꼈던 세상의 색깔과는 완전하게 다른 색깔의 느낌, 브레인 포그, 동공 확장, 급격한 시력 저하, 희망이 없어지는 등 정말 일일이 열거하기 어려울 정도의 직접적인 고통을 겪었다.

나중에 자세히 검색하고 확인하니 수면제는 치료 목적으로 1

주에서 2주 정도만 먹고 갑자기 단약을 해도 부작용과 금단증상이 있다는 걸 알았다.

특히 유방암 환자는 치료 약의 부작용과 심리 상황으로 정신건강의학과 협력진료를 정말 많이 한다는 것도 알았다.

수면제나 정신과 약을 아무도 먹지 말라는 말이 아니다. 정신과 치료가 반드시 필요한 질환을 가진 환우도 있고 그 경우에는 치료하며 치료 약을 먹어야 한다. 당연하다.

그렇게 '반드시 약을 먹고' 치료해야 하는 환우 얘기를 하는 게 아니다. 정신과 약을 굳이 먹지 않아도 되는 상황이 솔직히 있는데 짧게 이든 길게 이든 먹는 사람이 많으니 그런 경우에는 정말 먹지 않으면 좋겠다는 것이다.

그러나 전자이든 후자이든 단약해야 할 때가 왔을 때 '안전하게 끊을 방법'을 알아야 하지 않는가?

절대로 단번에 끊지 말고, 뇌에 최대한 충격을 주지 않고 몸과 마음에 조금이라도 피해를 보지 않도록, 정신건강의학과 전문의와 상담한 후에 아주 조금씩 감약 해야 한다.

-치료 약 부작용 등의 어려움으로 정신건강의학과 협력진료를 받는 암 환우.

-기저질환이 있으면서 역시 정신건강의학과 협력진료를 받는 암 환후.

-기저질환이 있으면서 정신건강의학과 진료를 받거나 정신과 약을 먹는 환우.

-기저질환이 없이 단독으로 정신과 약을 먹거나 정신건강의학과 진료를 받는 환우.

-그 밖의 정신과 약을 단약하고 싶은 환우.

각자 다양한 상황이지만 정신과 약을 먹고 있는데 끊고 싶은 공통점이 있는 환우들이, 어떻게 해야 건강하게 생활하면서 정신과 약을 안전하게 단약할 수 있는지 말하고 싶다.

어쩌다가 깜박 잊고 안 먹어도 괜찮은 약이 많다. 그러나 정신과 약은 매일 먹다가 한 번만 안 먹어도 작게 이든 크게 이든 금단증상을 겪기 때문에 어려운 것이다.

환우는 이런 고통과 불편함을 알기 때문에 단약하고 싶은 것이다.

암 환우, 기저 질환자 등 환우는 각자 그 치료에 신경 써야 한다. 그것만으로도 정말 벅차다. 부디 정신과 약으로 큰 피해를 보아 소중한 시간을 안타깝게 버리지 않았으면 하는 간절한 마음이다.

단약의 고통은 사람에 따라 다 다르다.

내 몸의 면역이 많이 떨어지고 아플 때, 마음도 많이 약해지고 환경도 힘들 때 단약을 하면 더욱더 힘들다. 그러나 꾸준히 운동하고 식사를 잘하고 건강하게 바꾼 생활습관을 실천하고 있을 때 하면 좋다.

이때가 바로 체력이 좀 좋아지고 마음이 강해졌을 때이다. 내 몸과 마음이 단련되어 자신감이 생겨 환경의 어려움도, 약에 대한 두려움도 적을 때 단약을 하면 훨씬 수월하다.

환우가 정말 위험해서 정신과 약의 도움을 받아야 한다면 받은 후, 이렇게 상황을 잘 만들어 단약하면 다 할 수 있다.

어느 날 내과 진료를 하는데 정신과 약 먹는 걸 말해야 해서 의사에게 그간의 상황을 간단하게 말했다. 단약으로 고생했다고 하니 "뭐요? 단, 뭐?", "단약이요, 약 끊는 거요."

정말 놀랐다. 정신건강의학과 의사가 아니지만, 의사가 단약이라는 단어를 생소해 해서 말이다.

의사도 단약과 감약, 금단증상을 잘 모르고 관심도 없는 사회에서 수면제와 정신과 약이 너무 쉽게 처방되고 있다.

장차 내 소중한 아이가, 내 어머니, 아버지, 형제, 자매가 고통의 주인공이 될 수도 있다.

너무 어리고 예쁜 10대, 인생에 대한 계획과 실천으로 바쁜 20대, 한창 부담감을 잔뜩 안고 살아갈 수밖에 없는 30대, 40대, 50대, 한 걸음 멈추고 인생을 차분하게 검토하고 정리해야 하는 60대, 70대, 모든 연령대에서 수면제와 정신과 약의 무서움을 알아야 한다.

모르는 사람에게는 '잘 알고 경험한 사람이 내 가족이라고 생각하고' 적극적으로 잘 알려야만 한다. 치료하려고 복용했던 약 때문에 고통을 받는 사람이 너무 많다.

정신과 약의 오용과 남용도 심각하다.

강력한 각성 물질로써 중추신경 자극제인 ADHD(주의력결핍 과잉행동장애) 치료제 페니*. 이것이 집중력을 향상한다는 그릇된 정보로 중, 고등학생들이 먹는 경우가 있다. 대부분 부모가 잘 못 알고 먹이는데 정말 위험한 행동을 하는 것이다.

또한 불면증이 없는 환우인데 쿠에타*, 자이프렉*, 클로자* 등을 처방하는 정신건강의학과 의사가 꽤 많다고 한다.

환우에게 적절한 처방을 내리지도 않고 과량의 약을 처방하거나 때가 되어 감약과 단약을 알려줘야 하는데 그것을 알려주는 의사도 거의 없다.

의사와 간호사는 병에 걸려봐야만 비로소 의료인으로 완성된다고 한, 자신이 환우가 되어서야 환우에게 진심으로 공감했다는 일본의 저명한 심리상담가(전직 간호사)의 글이 얼마나 공감이 되었는지 모른다.

나 역시 직접 고통을 겪어봤기에 환우의 눈물을 더욱 이해할 수 있게 되었다. 수면제 처방을 아무렇지 않게 해 준 의사는 원망스럽지만, 바꿔 생각하면 그 계기로 고통을 겪었으므로 그것을 이해하고 함께 나눌 수 있음에 감사한다.

 불안함을 잘 극복하는 연습을 하면 반드시 할 수 있다. 말도 안 되는 상황인 나도 했으니 모두 할 수 있다.
 아플 때는 글씨도 잘 보이지 않고 집중도 안 되니 편한 마음으로 천천히 읽고 용기를 냈으면 한다. 불안에 떠는 당신을 진심으로 이해하고, 돕고 싶다.

환자 정 씨

책을 본격적으로
읽기 전 안심하기

#

단약하기 전에는 반드시 의사와 상담하라!

나는 유방암 환우고 기저 질환자이다

걸어야 산다!

체력이 붙고 자신감이 생겼을 때 단약 계획을 실천한다

결론을 말한다면 수면제는 끊었다

생각지도 않던 사람에게 위로를 얻다

***

단약하기 전에는 반드시
의사와 상담하라!

단약하고 싶을 때 가장 먼저 할 일은 정신건강의학과(정신과
의 이름이 요즘에는 이렇게 바뀌었다) 전문의와 상담해야 한
다. 의사가 먼저 말하지 않는다면 환우나 보호자가 먼저 물어
봐야 한다.

"○○○약을 끊고 싶은데 어떻게 해야 하지요?"
"○○○약을 줄이려면 얼마씩 줄여야 하고 어느 정도 기간마
다 줄여가야 하나요?"

사실 이런 부분은 의사가 환우에게 먼저 말해줘야 한다. 일반
인이나 환우에게 더욱 정확한 의학 정보를 제공하고 치료하는
일을 하는 사람이 의료진 아닌가?
학교 선생님이 학생에게 공부를 가르치고 급여를 받듯 의료
진은 환우를 진료해주고 의학 정보를 제공하면서 급여를 받거

나 돈을 버는 사람이다.

또 약사는 어떤가?

의사가 처방해준 처방전으로 조제를 한 후 환우에게 중요한 설명을 해줘야만 한다. 처방전이 없이 일반의약품을 사는 일반인에게도 가장 기본적인 해당 약의 정보를 알려야 한다. 그 일을 해서 수익을 창출하고 돈을 버는 게 약사다.

의사나 약사가 이런 당연한 의무를 가볍게 생각하기에 정신과 약을 먹는 환우들은 부족한 정보에 스스로 단약이나 감약을 하다가 죽을 고비를 맞는다. 일반 진료과 약도 마찬가지다. 환우가 기존에 복용하던 약을 의사가 임의대로 바꾸고서는 약을 바꾸면서 겪을 수 있는 이상 증상을 환우에게 알려주지 않아 환우가 고생하는 경우도 있다.

돌아가신 친정어머니가 이런 사례에 속했는데 의사가 약을 바꾸고 아무런 정보를 주지 않아 위급한 상황에 부닥쳐 응급실로 몇 번 이송되신 기억이 지금도 생생하다. 오랜 기간 편찮으셨던 친정어머니를 병간호하며 너무나 많은 의료진과 약사를 만났기 때문에 이런 불합리하고 위험한 부분에 대해서는 잘 알고 있다.

그런데 의사가 말해주지 않고 환우도 미처 질문할 생각을 하지 못했다. 그런데 평소 정신과 약을 간절히 끊고 싶다. 아무런 정보가 없이 조급한 마음에 약을 단번에 끊으면 위험하다. 정말 죽을 고비를 넘길 수 있다.

일단 단약하고 싶으면 단약 계획을 세워야 한다. 단약을 하고 싶은 목표가 아주 분명해야 한다. 그리고 만약 복용하는 약이 한 가지라면 그 약을 10분의 1씩 줄인다는 마음으로 아주 조금씩 감약해야 한다.

감약 용량을 유지하는 기간은 1주에서 2주 정도가 좋은데 너무 짧은 기간으로 감약을 하면 뇌가 인정하지 못해 많은 부작용을 겪는다.

그런데 어떤 환우는 10분의 1이 아니라 5분의 1이 본인한테 잘 맞는 것 같다. 그러면 5분의 1씩 감량하면서 유지 기간을 길게 하고 진행하면 된다. 그러나 갑자기 절반으로 감량하는 등의 행동을 하면 안 된다.

내가 왜 단약하고 싶은지 신중하게 생각하고 의지를 다졌으면 이후에 바로 실천할 일은 건강한 생활 습관의 변화를 함께 실천해야 한다.

-기상과 취침 시간을 일정하게 하고 세 끼 식사를 규칙적으로 하면서 밖으로 나가 '햇볕 쐬고 걷기'를 해야 한다. 걸어야 산다. 걸어야 혈액순환이 되고 뇌가 정상화가 되며 몸에 좋은 호르몬이 적극적으로 활동한다.

인터넷에 보면 수많은 온라인 커뮤니티가 있다. 어떤 곳을 보면 단번에 단약을 한다는 사람도 있고 그걸 따라서 하는 사람도

23

있는데 단번에 단약한 경험으로 볼 때 매우 위험하다. 더구나 심장질환, 당뇨 등 기저질환이 있는 환자들은 더욱더 그렇다.

"저는 단번에 끊었어요!"
"그래도 되나요? 저는 그렇게 했더니 많이 힘들더라고요. 너무 고통스러워서 어떻게 해야 할지 모르겠어요."
"그냥 딱 끊으면 되고요! 그렇게 하세요!"

얼마나 무서운 말인지도 모르고 이런 말을 하는 사람들이 많은 걸 보고 깜짝 놀랐다. 상대는 절박해서 댓글을 썼을 텐데 귀중한 남의 건강과 인생을 초토화하려고 어떻게 이런 무책임한 말을 하는지 모르겠다.

물론 각 사람의 체질, 병력 등에 따라 조금씩 다를 수 있지만 많은 사람이 수면제를 단약한 후 대부분 부작용과 금단증상을 겪는다. 다른 정신과 약도 마찬가지지만 특히 수면제의 갑작스러운 단약이 힘들고 위험하다.

그런데 금단증상인지 미처 모른 채 고통받으며 사는 예도 있고 평생에 걸쳐서 그 후유증이 작든 크든 종종 닥칠 때가 있다. 나 역시 아주 오래전, 그러니까 20여 년보다도 훨씬 더 오래전에 수면제를 잠깐 복용한 적이 있었다.

끊이지 않는 과로와 스트레스로 아무리 피곤해도 잠이 오지 않아 수면제를 처방받아 복용했다. 그것도 위염과 역류성 식도염으로 진료를 하러 간 내과에서 말이다.

몸이 아픈 곳은 많은데 잠까지 못 자 몸이 나아지질 않으니 내과 전문의가 위염, 역류성 식도염약과 수면제를 처방해 줬는데 수면제의 부작용이나 단약, 감약에 대해서는 전혀 전달받은 사항이 없었다.

수면제는 2개월 정도 복용했는데 처음 한 열흘 정도는 매일 복용하다가 뭔가 몸이 개운하지 않아 그때부터 매일은 아니고 이틀에 한 알, 나흘에 한 알 이런 식으로 띄엄띄엄 복용했다.

그래도 되는지 알았다. 그런데 늘 아프고 심장이 두근두근 불안하면서 힘들었고 그게 무엇 때문인지 그때는 알지 못했다.

지금 생각하니 복용하다가 안 하다가 했던 수면제가 '수시로 갑자기 단약 하는 상황'이 되면서 몸에 무리가 왔던 것 같다. 너무 젊을 때고 오래전이라서 어떻게 그 상황을 극복했는지 잘 기억나지 않지만 '매우 힘들었다.'라는 건 확실히 기억난다.

그때 두려운 마음에 무리해서 빨리 단약을 했는데 이후 수십 년을 수면제는 쳐다보지도 않고 생각하지도 않고 살았다.

***

나는 유방암 환우고
기저 질환자이다

나는 유방암 환우이다. 그러면서 기저질환이 있다. 심장부정
맥, 당뇨, 고지혈증, 지방간 등.

암 치료 약 부작용 중 하나인 극심한 불면증으로 타과 의사가
처방해 준 수면제를 먹었다. 암 치료 과정 중인지라 최악의 몸
상태로 수면제를 먹어서 그랬는지 몸이 더욱 안 좋아져 갑자
기 단약을 했다.

그러다가 정신없이 들이닥친 부작용과 금단증상이 급성 공황
발작으로 번졌고 예기불안, 광장공포증으로 이어졌다. 버스를
타지 못하는 상황까지 겪으면서 정말 기가 막혔다. 이러면서
암 치료 약의 부작용으로 이미 영향을 받은 기저질환도 더욱
악화하였다.

금단증상, 공황발작, 이 두 가지 증상은 다른 듯하나 매우 비
슷하여 아주 고통스러웠다. 다른 사람은 칼라 세상에 있는데
나만 흑백 세상에 있는 것 같은 비현실감에 당황스러웠다.

나중에 정신건강의학과 의사를 유방 외과 협력진료로 만났지만, 그때는 그래도 엄청난 증상을 겪은 후 바로 실천한 방법으로 증상이 좀 나아진 상태였다. '극복하려고 발버둥을 쳤다.'는 표현이 정확하겠다.

그러나 의사는 내 몸 상태로 볼 때 항우울제와 항불안제를 먹어야 한다고 말을 했다. 암 수술 이후 먹게 된 치료 약으로 많은 부작용을 겪는 상황이었고, 방사선치료 또한 맞지 않아 힘들었다. 기저질환도 많다.

치료과정을 계속 거치면서 불안이나 공황장애가 숨어 있을 수 있는데 그런 상황에서 수면제를 먹은 것과 단약으로 인한 부작용과 금단증상이 불이 나고 있는 집에 기름을 확 부은 격이라고 의사가 말했다.

유방암이라는 불청객을 만나고 정신없이 많은 검사를 받고 수술하고 방사선 등의 치료를 받았다. 그러면서 항호르몬 주사도 맞고 항호르몬제 약도 먹었는데 먹는 항호르몬제 복용에 따른 많은 부작용 중 하나인 불면증이 굉장히 심해졌다.

이 항호르몬제는 2년 정도 복용하는 사람도 있지만 대부분 5년 복용을 해야 하고 나와 같이 10년까지 보라는 사람도 있다.

항호르몬제 주사도 조금씩 다르지만 3개월에 한 번씩 5년을 맞아야 한다. 내 경우가 그렇다는 것이다. 유방암 치료에 관한 얘기는 본문에서 좀 더 자세하게 나온다.

항호르몬제를 복용 중에 부작용이 거의 없다는 사람, 부작용이 많지만 그래도 생활이 된다는 사람, 그리고 나와 같이 심각한 부작용을 겪는 사람 이렇게 세 부류가 있다. 3개월마다 한 번씩 맞는 항호르몬제 주사의 부작용도 마찬가지다.

항암치료는 누구나 힘들다. 그런데 방사선치료는 어떤 사람은 괜찮은데 '기어서 병원에 다녀오는 게 맞는 말'일 정도로 힘든 사람이 있다. 나는 항암치료의 효과가 별로 크지 않다고 해 항암치료는 통과했다. 그래서 내심 다행이라고 생각했다.
그런데 야속하게도 나는 방사선 치료, 항호르몬제 치료 약, 항호르몬제 주사약 부작용이 다 너무 심한 경우에 속했다.
백혈구 수치, 호중구 수치 등 검사상 소견에서도 수치가 절반 이하로 떨어지면서 몸과 마음이 완전하게 바닥을 치니 수면제를 처방해주며 잠을 자라는 의사의 말을 아이처럼 따랐다.
수십 년 전 끔찍한 단약의 고통을 잊고, 말이다.

매사에 긍정적인 성향이어서 기저질환이 많아도, 이제는 암까지 덤벼들었어도, 남보다도 못한 배우자는 물론 아무도 도와줄 사람이 없어 '셀프 병간호'를 하고 있지만 그래도 늘 오뚝이처럼 견디고 살았다.

그런데 암의 재발이나 전이에 대한 두려움보다 수면제 단약에 따른 부작용과 금단증상, 공황장애(공황발작 포함), 불안장애가 최악으로 고통스러웠다. 어린 자녀들이 혹시라도 나와 같은 고통을 겪게 될까 봐 두려워서 이가 덜그럭거릴 정도로 그런 공포였다.

나는 친정 부모님도 돌아가시고 형제자매는 해외에 거주해 도움을 청할 사람이 없다. "암 걸린 게 자랑이냐?"라는 막말을 하고, "나는 병 걸리면 치료 안 해!"라면서 결혼 기간 내내 일정한 생활비를 주지 않으며 상처만 주는 남편과 "그럼 애들 밥은?", "그럼 병원비는 어쩔 거냐?", "아이고, 참말로! 내가 못 산다!"라고 말하는 아들과 똑같은 시어머니와 시집 식구들만 있다.

내 생명과도 같은 아이들만 바라보고 더욱더 외롭고 철저하게 셀프 병간호를 해야 했다. 그런데 그 고통 가운데에서 내가 놓지 않은 생각은 아이들을 두고 이대로 죽은 사람처럼 살 수는 없다는 것이었다. 지금까지 어떻게 견디고 살았는데…….

그래서 내 몸의 상태를 세밀하게 느끼고 생각하고 고민하고 알아봤다.

유방암 판정부터 수술, 방사선치료, 치료 약 복용, 치료 주사, 여러 진료과목 진료, 거기에 생각지도 않던 정신건강의학과 진료까지 이어졌다. 우울증과 적응장애 진단까지 받는 동안 나 자신을 추스르기 어려울 정도의 폭풍우가 휘몰아쳤고 폭풍우를 잔잔한 물결로 가라앉히기 위해 노력했다.

물론 내 경우는 암 치료 약으로 발생한 매우 심각한 부작용으로 수면제를 먹었고 수면제의 갑작스러운 단약, 감약에 따른 부작용과 금단증상으로 상태가 더욱 악화한 것이다. 그러나 그 이전부터 불안함도 있었을 것이라는 생각을 한다. 숨겨져 있었을 뿐.

내가 살아온 시간을 돌이켜보면 '내가 긍정적이고 낙천적이고 인내심이 강하니까 잘 버틴다고 생각한 것이지 몸은, 건강은 무너지고' 있었을 테니까 말이다.

불가피하게 정신과 약을 먹고 있지만 처방받은 날부터 단약 계획을 세웠다. 오래 먹을 생각도 전혀 없고, 힘들어도 꼭 단약할 것이다. 수면제를 단약한 것처럼 말이다.

암 치료 약으로부터 시작된 괴로움을 약으로 다스리게 되었지만, 솔직히 내 노력과 실천이 대부분의 치료를 이루고 있다고 생각한다. 약은 아주 잠시 증상을 눌러줄 뿐이다.

누구든지 간에 정신과 약을 먹을 때는 단약 생각을 하고 먹어야 한다. 나 같은 사람도 하고 있으니 누구나 꼭 할 수 있다.

아니, 더 힘든 상황에 부닥친 사람도 많은 정신과 약을 포함 수면제를 안전하게 단약할 수 있고 유방암 환우라면 힘든 투병을 불안함을 덜면서 조금은 편안하게 할 수 있다.

***

걸어야
산다!

유방암 환우는 유방암의 심리적 특성과 치료 약 부작용에 따른 우울증, 불면증, 불안장애, 공황장애 때문에 정신건강의학과 협력진료를 받는 이중고를 겪는다. 그 밖에도 부작용은 아주 많지만, 책에서는 유방암 치료 약의 부작용으로 겪었던 어려움, 치료과정, 수면제의 단약(정신과 약 포함), 감약 애기를 중점적으로 하겠다.

그리고 그것을 위해 어떤 것을 실천했는지, 병원에서 환우와 보호자가 꼭 확인해야 할 사항을 말했다.

유방암에 관한 의학 연구와 통계를 본 적이 있다.

유방암 환우에게는 수술 후 수개월 안에 우울증이 온다고 한다. 그것이 유방암이라는 특수한 경우가 그렇기도 하고 치료 약 부작용으로 인해 오는 것일 수도 있다. 30~40%의 비율이 우울증에 걸린다고 하니 정말 높은 비율이다.

이것을 예방하는 방법은 아주 단순한데 의외로 실천하기 힘들다. 환우는 몸과 마음이 아프고 입맛이 없고 무기력해지기 때문이다. 의료진이 말한 예방법은 이렇다.

1. 햇볕을 쬐며 걷기.
2. 채소 많이 먹기.
3. 몸을 많이 움직이기.

'햇볕을 쬐며 걷기'는 가장 좋은 치료제인 것 같다. 내가 치료약 부작용과 수면제 금단증상을 겪고 그것으로 공황발작을 일으킨 후 가장 먼저 실천한 게 바로 이것이다.

내가 진료를 받은 정신건강의학과 전문의는 편하게 하라고 했지만 나는 비장한 마음으로 '수면제 단약 일정'을 실천했다. 내가 죽고 사는 문제가 걸려 있는데 편하게 할 수 없었고 내 성향상 계획대로 잘해나가는 게 오히려 실천하기가 수월해서였다.

치료에 정말 도움이 되니 꼭 실천했으면 한다.
하루에 최소 30분 정도 햇볕을 쬐고 걸으면 된다. 매일 걷다 보면 체력도 생기고 자신감도 생기면서 치료에 도움이 되어 나중에는 1시간 이상을 걷게 된다.
걷다가 힘들어 벤치에 잠깐 앉아 햇볕을 풍성하게 쬐고 있으

면 신기하게 용기가 생겼다. 나중에는 비가와도 바람이 불어
도 걸었다. 살아야 한다는 마음으로 걸으니 자동으로 걸을 수
밖에 없었다.

"그럼 언제쯤 내가 나아가고 있다는 걸 알지요?"

'이제는 집에 가서 쉬고 싶다.'라는 마음이 든다면 치료가 잘
되고 있는 것이다. 모순이지 않은가? 살려고 걷기 위해 힘들게
밖에 나갔는데 집에 들어오고 싶을 때가 치료되고 있다니 말
이다.

단약 의지를 다지고 단약 계획을 세우면서 밖으로 나가는 실
천부터 했다고 했다. 움직여지지 않는 몸을 움직여 어렵게 밖
으로 나가서 햇볕을 쐬며 걸었다. 첫날은 10분, 그다음 날은
20분 이런 식으로 시간을 연장해 걸으면서 바깥바람이 좋아
졌다.
환하고 넓고 사람이 많이 지나다니는 밖에 있다 보면 이상하
게도 겁이 덜 나고 안심이 되면서 계속 밖에 있고 싶었다. 그
러다가 집에 들어가면 뭔가 답답하고 불안했다.
불안함이나 강박증이 또 생길까 봐 두려움이 생기는 걸 '예기
불안'이라고 하고 일상적으로 가던 장소나 스트레스를 겪었던
장소 등에 직접 가면 생기는 불안 증상을 '광장 공포증'이라고
하는데 공황장애에는 '예기불안'과 '광장 공포'가 수반된다고

한다.

집이 불안한 장소인 환우도 꽤 있는 것으로 안다.

나는 금단증상이 심해져 공황발작으로 이어진 곳이 집이었기 때문에 오히려 밖에 있는 게 안정되고 편했다.

원래 집순이 기질이 많은 데다 프리랜서로서 오랜 시간 컴퓨터로 작업을 해야 하므로 미팅 등으로 나가는 것보다는 집에 있는 게 가장 편한 사람이었다. 그리고 늘 가족을 챙겨야 할 일이 많아 '어떻게 하면 혼자 있을 수 있을까?'를 꿈꾸면서 혼자 있는 시간과 공간을 정말 좋아했다.

***

체력이 붙고 자신감이 생겼을 때
단약 계획을 실천한다

그런 내가 집에 혼자 있으면 무서웠고 불안한 생각이 한 번 들면 더욱더 두려웠다. 그래서 어느 순간부터는 '어떻게 하면 가족과 함께 있을까?'를 궁리하게 되었다. 그래서 밖에 나가서 걷다 보면 혼자 있을 집에 들어가는 게 싫었고 햇볕 가득한 밖에 그냥 몇 시간이고 있고 싶었다.

처음 걷기를 시작한 날로부터 약 2주일 정도는 오전 9시 30분부터 점심식사를 위해 어쩔 수 없이 집에 가야 하는 정오까지는 안심이 되는 밖에서 버텼다. 걷다가 힘들면 벤치에 앉아 스트레칭을 하고 간식을 꾸역꾸역 먹은 후 또다시 걷고 이완 운동을 하고 벤치에 앉고…….

그러더니 3주 차에 들어가는 날부터 세상의 색깔이 조금씩 바뀌면서 '이제 집에 가서 밥 먹고 쉬어야지!'라는 생각이 자연스럽게 들었다. 놀라웠다.

금단증상의 악화로 공황발작이 이어졌고 예기불안과 광장 공포증까지 겪으면서 일상적으로 생활하고 느꼈던 세상의 색깔이 비현실적인 다른 세상의 색깔로 바뀌었다.

내가 그렇게 되라고 원한 것이 아닌데 그 증상을 겪고 나면 내가 마치 다른 세상에 와 있는 듯 그렇게 하루하루가 힘들어진다.

반대로 집이 편하고 밖에서 힘든 환우가 밖으로 나가고 싶다면 치료가 잘되고 있는 것이다.

나는 유방암 환우지만, 암 치료 약 부작용으로 극심한 불면증이 생겨 방사선 종양과 의사가 '먼저' 처방해 준 수면제 스틸** 10mg을(졸피뎀 성분의 수면제) 먹었고 갑자기 단약하고 감약하면서 무시무시한 금단증상을 겪었다. 방사선 치료 기간에 처방을 받은 것이다.

몸 상태가 너무 안 좋았기 때문에 그것이 급성 공황발작으로 이어졌고 예기불안, 광장 공포증도 겪으면서 정신건강의학과 진료를 받았다. 수면제 1알을 끊는 게 목표인데 정신과 약을 먹어야 한다니 정말 싫고 내키지 않았지만, 의사가 내 상태는 치료가 필요하다니 해야만 했다.

수면제를 먹은 기간은 12일로 짧았지만 암 치료 중인 데다 기저질환이 여러 개가 있어 금단증상의 후유증은 너무 컸다. 수면제는 치료 목적으로 1주에서 2주 정도만 복용해도 단약했을 때 금단증상이 있다는 걸 나중에 알았다.

수면제는 짧게 먹었지만 단약, 감약, 증량, 단약까지는 그 몇 배의 시간이 걸렸다.

암의 특성상 정신건강의학과 협력진료가 많은 유방암 환우뿐 아니라 기존의 공황장애 환우와 수면제 등 정신과 약의 단약과 감약에 어려움을 겪는 모든 환우에게 부족하나마 내 부족한 경험을 나누고 싶다.

매일 걷기를 하고 규칙적인 생활 습관으로 바꾸고 생각 훈련을 했다. 그리고 스스로 지압과 마사지, 스트레칭하면서 기적처럼 원래의 세상으로 차근차근 돌아왔다.

또한 입을 열어 나에게 긍정적인 말로 위로하고, 지금의 증상은 꼭 극복할 수 있다는 믿음을 다지면서 기도를 병행하니 힘든 증상과 심리적 불안함이 놀랍도록 안정되었다.

결론을 말한다면
수면제는 끊었다

12일을 복용하고 갑자기 단약했다가 금단증상을 겪은 후 다시 절반 양을(5mg) 복용하며 기간을 유지했는데 유지한 1주일 차에 다시 혹독한 금단증상이 시작되어 더욱 힘들어졌다.

절박한 마음에 알게 된 현실적이고 좋은 분의 의견을 듣고 아주 조금 증량하여(6mg) 유지하는 그런 과정을 거치면서 단약했다. 감약을 위해 용량을 잠시, 조금 늘리는 걸 두려워하지 말고 다시 처음부터 천천히 감약을 시작하면 된다고 했다.

스틸**를 오래 먹지는 않았지만, 극한의 몸 상태였으므로 후유증은 컸고 단약도 힘들었다. 기간이 멀리 떨어진 정신건강의학과 진료일을 기다리다가 이렇게 죽을 고비를 넘겼다.

짧게 먹든 길게 먹든 환우의 몸과 마음의 상태에 따라 단약의 고통은 다른 것 같다.

정신건강의학과 의사가 꼭 먹어야 한다는 약은 먹을 수밖에 없었다. 항우울제와 항불안제인데, 수면제를 단약한 후 항불안제도 단약에 성공했고, 항우울제도 단약했다.

그러니까 정신과 약을 모두 끊었다. 놀라운 점은 정신과 약을 전혀 안 먹으니 오히려 건강이 좋아졌다. 의사 진단이 있어서 위험하고 급한 불을 약으로 짧게 껐으면 자신감을 가지고 단호하게 단약하는 게 좋다.

수면제 스틸** 단약으로 너무 큰 충격을 받아서 그 이후의 단약은 정말 신중하게 진행했다. 그런 만큼 스틸** 때에 비교해서 부작용과 후유증은 확실히 줄었다.

강한 정신력으로 포기하지 않고 차근차근히 해나간 나 자신을 칭찬하고 싶다.

꼭 성공할 여러분에게도 위로와 칭찬을 먼저 하고 싶다.

예상치도 못한 암 치료 약 부작용으로 이어진 이런 어이없는 상황들이 너무 화가 나지만 내가 극복해야 할 일인 것 같다.

다시 한번 강조하지만, 단약과 감약을 할 때는 반드시 정신건강의학과 전문의와 상담한 후에 해야 한다. 나는 금단 증상을 겪는 기간에 정신건강의학과 진료가 한참이나 뒤에 있어서 더욱 고생했다.

협력 진료를 하는 정신건강의학과 전문의는 암 환우를 함께 진료하는 전문의라서 진료 일을 앞당기려 해도 예약 환우가 너무 많아 불가능했다. 맨땅에 헤딩하기로 버텨야만 했다.

잊지 말 것은, 정신건강의학과 전문의는 정신과 약을 먹고 단약이나 감약을 한 후 끔찍한 금단증상을 겪지 않았으므로 곤경에 처한 환자의 상태를 세밀하게 알지 못할 가능성이 있다.

그래서 단약하고 싶다고 할 때 감약 일정을 의논하면서 최대한 환우 본인의 몸 상태에 맞춰 일정을 알려달라고 요청해야만 한다.

전문의는 2분의 1씩 감약 하고 3일을 유지한 후 이틀에 한 번씩 2번을 복용하다가 나머지 2분의 1을 감약 하라고 하지만, 환우가 직접 느끼는 고통이 커서 4분의 1이나 5분의 1씩 감약 하고 유지 기간은 약 2주 정도의 일정이 맞을 수도 있기 때문이다.

불안하고, 불편하고, 두려운 마음이 커서 '복용하는 환우 자신'은 정신과 약을 빨리 끊고 싶을 것이다. 그러나 단기간에 무리하게 끊으면 부작용과 금단증상(이것이 심각한 공황장애로 발전하기도 한다)이 심해져서 건강에도 현실적인 문제가 발생한다.

생각지도 않던 사람에게
위로를 얻다

20년 넘게 결혼생활을 하고 아이들을 키우고 일을 하면서 내게 가장 큰 상처는 배우자, 남편이었다. 하나하나 얘기하자면 너무 길고, 이 정도 사연 하나 없는 사람이 있겠는가? 나만 힘든 게 아닐 테니 말이다.

아는 사람들은 "에이, 그런 남편이 어디 있어?", "네가 처음부터 확 잡았어야지!", "솔직하게 대화를 좀 해 봐." 라는 등의 비슷한 말을 했다.

그러나 그게 죽는 날까지 통하지 않는 사람이 있고 그런 사람은 변하지도 않는다. 그래서 남편에 대한 말은 아무한테도 잘하지 않는다.

가장 의지가 되어야 할 배우자가 나를 가장 힘들게 하는 사람이고 몸과 마음이 이렇게 병들도록 참고 살았다. 내가 아무리 긍정적이라지만 믿을 수 있는 배우자가 아니어서 남보다 못하니 내 옆에 아무도 없을 줄 알았다.

아무도 없는 이런 상황에서 좌절하지 않는다면 거짓이었다.

그런데 생각지도 않은 사람들이 나를 있는 그대로, 진심으로 이해하고 걱정하며 기도해 주었다. 감사했다.

단지 배우자와, 똑같은 그의 부모만이 나를 지속해서 힘들게 한 '이상한 사람'이지 그 외의 모든 사람은 나를 인정해주고 위로해주었다.

'이상한 사람'에게 오래도록 긴장하고 살면 정상적인 사람도 '내가 이상한 사람인가?'라면서 혼란스러울 때가 많다. 하지만 생각해보면 그 '이상한 사람'들이 본인이 이상한 줄 모르거나 그렇다는 걸 부인하고 싶은 것이다.

왜냐하면 세상 사람들이 인정하지 않는데 오직 본인들끼리만 똘똘 뭉쳐 사니까.

의사가 말하길 사람이 오래 괴롭힘을 당하고 긴장하고 살면 양쪽 뇌의 크기가 달라진다고 하는 데 정말 놀랍다. 그런데 건강을 잘 다지면 회복된다고 하니 그것 또한 놀랍다. 우리 몸은 세월을 말해준다. 괴롭히는 사람 보다 괴롭힘을 당하는 사람이 병든다.

나를 괴롭히거나 힘들게 하는 환경은 어떻게 해도 잘 안 변한다. 그것을 바꾸려고 하다가 너무 스트레스 안 받게 고민하면서 '현실적인 내 살길'을 찾고 용기 냈으면 좋겠다.

그리고 끝까지 희망을 잃지 않았으면 좋겠다.

사방이 막혀도 하늘이 뚫려 있을 수도 있고 땅이 뚫려 있을 수도 있다.

내가 셀프 병간호를
하는 이유

***

소변 팩을
메고

새벽 5시 30분이다.

4kg 소변 팩을 어깨에 메고 작은아이와 함께 집을 나섰다. 부신 기능 검사 중 하나로 소변을 24시간 모았는데 그것을 들고 나가는 길이다. 나는 평소 멀미가 가장 심한 교통편이 택시와 좌석버스이다.

그래서 웬만하면 정말 택시와 좌석버스를 타지 않는다. 시간이 너무 이르고 무거운 소변 팩이 있어 병원까지 자동차를 좀 태워줄 수 있겠냐고 했더니 역시나 화내며 거절하는 남편이다.

***

암 걸린 게
자랑이냐?

(남편이 말하기를)

"암 걸린 거, 자랑이냐?"

"나는 병들면 치료 안 해!"

그러니까 나보고 돈 들여 치료하지 말고 그냥 내버려 두라는
소리다.

(시어머니가 말하기를)

"야! 애들 밥은 어떻게 한다냐?"

"야! 그럼 병원비는 어떻게 한다니?"

"아이고, 참말로, 내가 못 산다!!!"

결혼하지 않고 평생 본인 어머니와 살아야 할 가치관의 남자가 결혼하면 그 남편의 아내와 자녀는 고통을 받고 산다.

결혼하자마자 시부모, 시동생과 함께 살았는데 시어머니의 기질이 너무나 강해 정말 힘들었다. 52세의 젊고 건강하며 집안의 경제권을 꽉 쥐고 있는 시어머니의 기세에 시아버지, 시동생, 남편 이렇게 3명의 남자는 벌벌 기었다.

시어머니는 불과 같은 성격에 무엇이든 부풀려서 과장되게 말하고 전달하는 탓에 늘 오해가 생겼다. 며느리가 좀 마음에 안 든다 싶으면 바로 남편을 불러 '뒤로 확 넘어가며 과장되게 며느리 얘기를 해' 그 말을 들은 남편은 현관문을 열자마자 반드시 소리를 질렀다.

"야! 니가 뭔데 우리 엄마한테 그래? 어! 야!"

시어머니는 반응이 없는 작은 아들한테는 어려워 간섭을 하지 않았지만, 본인 어머니의 말과 행동 하나하나에 모두 신경 쓰고 '우리 엄마가 세상에서 제일 불쌍해, 제일 고생을 많이 해.'라고 반응하는 게 보이는 큰아들(남편)은 사사건건 참견하고 조종했다.

나와 남편 둘이서는 크게 문제 될 게 없는 상황도 시어머니가 지나치게 반응하고 말을 부풀려서 전달해 크게 되는 상황이 정말 많았다. 그렇게 20년을 살았다.

시어머니는 암 수술 이전에 작은아이와 한 약속을 지키지 않고 막말을 해서 '손녀의 마음에 씻을 수 없는 큰 상처'를 줬다. 물론 사과는 없었다. 또 항상 그랬듯이 며느리에게도 막말하고 온갖 신경질을 다 부렸다.

목소리가 높고 말이 빠르고 성격이 급한 시어머니는 이번에도 역시 별것도 아닌 것에 내가 한번 말하면 숨도 쉬지 않고 세 번을 화내며 소리를 질렀다.

사람이란 원래 상황을 판단하면서 말을 해야 하는데, 암에 걸려 수술을 앞둔 며느리가 도리어 시어머니를 위로해야 하고 시어머니는 더욱더 난리를 치니 정말 어이없었다.

저녁때 들어 온 남편이 나를 잡아먹을 듯 노려보며 이런다.

"어디서 감히⋯⋯."

그러니까 본인 어머니한테 또 무슨 말을 들은 것이다. 20년 넘게 그랬듯 과장되게 부풀려서 말하는 본인 어머니 말만 믿고 또 나를 오해하면서 "니가 뭔데 우리 엄마한테 감히 그래?" 이런 의미다.

본인한테나 본인 어머니가 그리스 여신이지, 무슨 말만 하면 "어디서 감히!" 이러면서 도끼눈을 뜨고 소리 지르는 남편을 보면 한심하다. 어린 아이도 아니고 자식 둘을 키우는 아버지가 말이다. 하긴 남편은 지금도 본인 부모한테 "엄마, 아빠"라고 부른다.

아마 시어머니는 끝까지 매사에 억울하다고 할 것이고 나는 별다른 말한 것도 없이 남편한테 '정신 나간 년'이 될 것이다. 남의 부모한테 한 걸 생각해야지, 남편은 처가에 한 말과 행동을 생각하면 부끄러워해야 하는데, 그 어머니나 아들이나 똑같다.

참고로 내일은 유방암 수술을 위해 병원에 입원하는 날이다. 남편은 나한테 혼자 화내면서 '정신 나간 년!'이라고 했다. 도대체 '정신 나간 년!'의 기준이 무엇인지 살다살다 이제는 별 쓰레기같은 소리를 다 듣는다. 세상에서 가장 용감한 게 무식한 사람이라고 하는데 맞는 것 같다.

입원하기 전날인데도 본인들 할 말은 다 내뱉는 사람들, 정말 대단하다.

***

아이한테
미안하다

입원했다.

'내가 아파서 병원에 올 때' 처음으로 남편 자동차를 타고 병원에 왔다. 아이들 출산 시 제왕절개 수술로 병원에 입원하고 퇴원할 때, 큰아이 산후조리원 들어갈 때와 나올 때를 제외하고 처음이다. 암에 걸려서야 자동차를 얻어 타고 병원에 가다니.

아이들이 크게 다치거나 아파 응급실에 가거나 병원에 갈 때도 자동차를 태워준 적이 없다. 나는 운전면허가 없어서 정말 답답한 생활을 했다.

"그럼 면허를 취득하면 될 것 아냐?"라고 말하는 사람도 있겠지만 시기를 계속 놓치니 어려웠고 심장부정맥, 당뇨 등 기저질환이 있으니 더욱 겁이 나서 면허 취득을 내려놓은 게 이유가 크다.

수술은 일단 내일 오전 8시라고 했다. 나이에 따라 수술 순서가 바뀔 수도 있다고 하니 내일 새벽이 되어야 시간이 확실해질 것 같다. 병실의 옆 환우는 항암치료 중인데 부작용이 심한지 긴 시간 울렁거림을 호소하며 심한 구토를 한참 했다. 내일처럼 마음이 아프다.

간호 통합병동의 환우들은 항암치료 환우가 아주 많은 것 같다. 암 판정에 이어 수술, 그리고 항암과 방사선 치료로 이어지는 과정 중에서 각자 얼마나 큰 혼란을 느끼고 상처받았을지, 공감하고 또 공감한다.

유난히 고요한 이 병동의 밤이 지나면 곧 아침이 오겠지.

암 판정 전 많은 검사 때부터 책임감 있게 보호자로 따라다니는 중학생 작은 딸아이가 입원실에서도 역시 보호자로 남아 보호자 간이침대에서 새우잠을 자고 있다.

어린 딸아이를 보니 마음이 아프고 미안했다.

***

돈 안 주는
남편

커뮤니티에서 내 상황과 너무 비슷한 환우 이야기를 봤다.

어쩜 남편과 똑 닮은 다른 집 남편에다 내 상황과 똑 닮은 그런 상황인지 정말 놀라울 정도다. 다만 친정이 아직 건재하고 자녀수와 나이 등 환경이 좀 다르다는 것.

돈을 전혀 주지 않는 남편과 자식을 키우고 살아야 하는 사연을 올린 환우의 결혼생활이 얼마나 지옥과도 같고 고통스러울지 나는 너무 잘 안다. 사연에 댓글을 달지는 않았지만, 마음으로 몇 번을 되뇌었다.

'얼마나 힘드세요…….'

사연에 달린 댓글 중 여전한 훈계 댓글도 보였지만 신기한 건 감성적으로 위로하고 이성적으로 응원하는 댓글이 많았다. 이런 사연이 올라오면 훈계 일색인 커뮤니티도 있던데 따뜻하고 현실적인 의견들에 내가 다 고마웠다.

그렇게 사는 아내가 잘 못 한 게 아니라 그런 사람을 잘 못 만난 것이다. 참을성이 많은 게 죄라면 죄겠지.

***

적군이
집에 있다

완전 남의 편이다 못 해 적군인 배우자, 남편.

집에서 그의 모습은 이렇다. 하나로 결론 내리면 '내 행동 모든 것에 화내기.'

그것의 예를 들면,

욕실 바닥에 세워 있던 대야를 이동 욕조 안에 넣어 뒀다. 그런데 바로 뒤에 들어간 적군이 대야를 괜히 발로 차며 "에이 씨!" 한다.

귤껍질을 담은 그릇을 식탁에서 가스레인지 옆으로 치웠는데 귤을 먹으려고 바로 뒤에서 온 적군. 귤이 든 그릇을 들어 식탁에 탕 놓으면서 나 들으라는 듯 알맞게 크고 퉁명스럽게, "에이! 씨! 짜증 나!!"

귤껍질 그릇을 치웠다고 화내는 것이다.

신발을 신으려고 현관에 나갔는데 본인 신발이 신기 편하게 바로 앞에 없으면 "에이 씨!!", 공과금 용지를 보면 벌써 말과 행동이 거칠어지고 내가 어쩌다가 돈 얘기라도 하면 난리가 난다.

이렇듯 화를 온몸으로 모두 표현하는 적군이다. 이렇게 암 환우 아내를 적군 남편은 나를 끊임없이 괴롭힌다. 최대한 반응하지 않는 게 살 길이다. 싸우는 것도 가치 없다. 나는 암을, 다른 질환을 이겨내야 하니까!

***

셀프 병간호를
하는 이유

오늘은 영하 16도, 체감온도 영하 21도 언저리를 오간다.

이런 강추위에 집 난방을 올리지도 못한다. 난방을 조금 올리면 남편이 화를 내면서 바로 내리기 때문이다.

내가 공과금을 낼 때는 별 상관도 안 하더니, 요즘은 본인이 공과금을 낸다고 여름에는 에어컨도 못 켜게 하고 겨울에는 난방도 못 켜게 한다. 이런 남편이 있다는 게 믿어지지 않겠지만 그런 남편과 사는 나 같은 아내도 있다.

여름에도 에어컨을 못 틀게 해 남편에게 전기요금을 건네주고 에어컨을 틀었다. 추운 계절에는 도시가스 요금을 내고 난방을 틀어야 하나? 뭐, 먼저 뭔가 내 준 돈이 있으면 본인 계좌로 돈을 맞춰서 보내라고 하는 사람이다.

"내가 번 돈을 당신한테 왜 줘야 하냐? 이해가 안 되네? 당신이 알아서 해!"

"야, 니네들! 교통카드 충전비 열흘 전에 만 원 줬지 않냐? 아유, 짜증 나!"

이런 가치관을 가진 사람인데 어떤 것에서 기본이 형성되어 있겠는가? 돈, 돈, 돈. 돈도 늘 많은 사람인데 돈의 노예다.

내가 바보 같아서도, 신혼 초반에 세력을 못 잡아서 등의 이유로 이렇게 사는 게 아니다. 그냥 기본 형성이 안 돼서 죽어도 변하지 않는 남자와 운 없이 만난 것이다. 이런 사람은 죽어도 변하지 않는다.

"이혼 하세요!" 하는 사람도 있겠지만 어린 자녀가 있으면 이혼 자체도 그렇게 쉬운 게 아닌 것을 많이들 알 것이다.

멀쩡한 집에 살면서 암 환우는 물론, 10대 딸 두 명이 냉골 바닥에서 덜덜 떨며 지낸다면 어느 누가 믿겠는가? 찬 데서 살다 보니 몸은 더 아프고 배도 아프고 활동 자체가 힘들다. 고질인 허리 통증도 더욱 심해진다.

남편은 내 수술 자국을 한 번도 본 적이 없다. 하도 얄미워서 아주 나중에 한 번 보여줬다. 수술 당일에도 병원에 오지 않았고, 입원 기간에도 오지 않았다.

코로나 19로 인해 보호자 1인으로 제한되어 있지만, 옆에 있던 딸아이에게 보호자증을 받아 잠깐 들를 수도 있겠고, 다른 가정은 다 그렇게 한다.

퇴원하는 날조차 그날은 올 수 없다 해서 다음 날로 퇴원 일을 변경했다. 아무것도 기대하지 않고 내려놓고 산 지 오래지만 암에 걸리니 생각이 더 많아졌다.

남편은 오지 않고 시어머니는 간단한 전화 한 통 없다.

학창 시절에는 치매에 걸리신 외할머니를 간호하면서 열심히 생활했고, 일찍부터 편찮으신 친정어머니 병간호를 하면서 역시 더욱더 열심히 살았다. 일도, 병간호도, 공부도 모두 그랬다. 연애만 잘하지 못했다. 이성한테 관심도 없었고 시간도 없었다.

늦게 결혼했는데 결혼하자마자부터는 시부모와도 살았고 언제나 그랬듯 일도 열심히, 아이들도 헌신적으로 키웠고 살림도 알뜰하게 했다. 친정어머니를 닮아 모유도 정말 좋아 아이들에게 분유 한 번 먹이지 않고 모유를 아주 오래도록 먹였다. 그런데 조금 마음에 안 드는 일이 있거나 짜증이 나면 "이혼해!"라는 말을 쉽게 하는 남편과 살며 상처가 너무 컸다. 거기에다 대부분 가정의 남편처럼 돈을 아내한테 주는 사람이 아닌지라 돈 문제로 늘 가슴을 두근두근 졸이며 살았다.

계속 일을 해서 돈을 조금이라도 벌어야만 하는 상황이었다. 본인 어머니하고만 돈 애기를 하면서 늘 화를 벌컥벌컥 내는 남편의 거친 성향으로 나뿐 아니라 아이들도 상처를 정말 많이 받았다. 나는 아이들이 불안하지 않게 상처를 안아주고 든든한 울타리가 되어 주느라 에너지를 바닥까지 박박 긁어 살았다.

"바보 같은 것 아닙니까?", "본인이 살 궁리를 해야죠!"라면서, 무슨 조선 시대에서 사냐고 하는 사람도 있겠지만, 사람마다 성향이 다르고 살아가는 방법이 다르고 대응하는 방법이 다르다.

왜 셀프 병간호라고 하는지, 남편의 도움을 전혀 받을 수 없는 입장인지 이렇게 몇 개의 이야기로 간단하게 마치도록 하겠다. 암에 걸린 아내가 먹으라고 설렁탕 한 그릇 사 온 적도 없는 남편이고, "좀 괜찮냐?"라고 하는 짧은 전화 한 통 하지 않는 시어머니다.

본인 아버지 치질 수술한다고 안절부절못하면서 병원에 가야 한다고, 본인 어머니와 계속 통화하면서 불안해했던 남편이다.

나는 제왕절개수술 2번, 유방암 수술로 유방과 겨드랑에 각 1번 씩 몸에 총 4개의 칼자국이 있는데 얼마 안 있으면 다른 쪽 유방에도 생겨 총 5개의 칼자국으로 일단 마무리될 예정이다. 치질이 암을 비롯한 칼자국 5개를 이긴 것이다.

그리 행복한 얘기도 아닌데 하는 이유는, 나와 같은 사람도 생활습관과 생각을 건강하게 바꿔 정신과 약을 잘 끊었다는 말을 하고 싶어서이다.

약 때문에 고통을 겪고 힘들어하는 환우를 돕는 이야기가 더욱 중요하다. 우리는 살아남아야 하니까. 그렇지 않은가?

병원에서 꼭
확인해야 할 사항

\#

백혈구 수치, 호중구 수치

금단 증상과 공황발작

영양제의 선택

정신과 약이 꼭 필요하면 먹어야 하겠지만

세로토닌 증후군

우는 아이 떡 하나 더 준다

백혈구 수치,
호중구 수치

의문점이 있다.

유방 외과 의사 말로는 방사선치료를 할 때 백혈구 수치와 호중구 수치는 잘 안 떨어진다고 했다.

그런데 나는 방사선 치료 중간 혈액검사에서 백혈구 수치, 호중구 수치가 많이 떨어져 있었고, 방사선 치료가 끝나고 한 혈액검사에서는 그 두 개 수치가 더 떨어져 있었다. 최초검사와 비교해 절반 이상이 떨어진 것이다.

이 수치가 왜 중요하냐면 우리 몸의 면역력을 판단하는 기준이 호중구 수치이다. 호중구 수치가 평균 이상으로 떨어지면 각종 이상 증상이 생기고 환우가 매우 힘들어지므로 반드시 확인해야 한다.

내가 이런 최악의 상태에서 의사가 처방해 준 수면제를 먹고 단약하여 이런 어려움마저 온 것이다.

유방암 환우가 먹는 항호르몬제인 타목**으로 백혈구, 호중구 수치가 떨어질 수 있는데 정신건강의학과 의사 말에 의하면 정신과 약 중에서도 백혈구와 호중구 수치가 떨어지는 약이 있다고 한다.

나도 치료 약을 먹으면서 방사선치료를 해서 그런지는 확실하지 않지만 백혈구, 호중구, 혈소판 등의 수치가 절반 이하로 떨어졌었다.

환우와 보호자가 배울 것이 너무 많다. 이건 매우 중요한 문제고 병원에서도 반드시 관심을 가지고 환우나 보호자에게 알려줘야 한다.

***

금단증상과
공황발작

금단증상과 공황발작의 증상은 어찌 보면 비슷하다. 그래서 금단증상인데 공황발작으로 오해하여 진료 받는 건지 아니면 공황발작인데 금단증상으로 알고 진료 받는 건지 판단이 어려울 때가 있다.

공황발작이나 공황장애가 왔을 때, 내가 어떤 약을 먹고 있는데 혹시 수면제 등 정신과 약을 갑자기 단약하거나 감약 했는지 등을 생각해볼 필요가 있다. 금단증상이 심해 급성 공황발작으로도 이어질 수 있기 때문이다.

수면제 금단증상이 가장 심하지만, 그 외 항불안제, 항우울제 등 기존 복용하던 정신과 약을 임의대로 단약, 감약 했을 때 금단증상이 오는데 기존의 공황장애가 있는 경우에도 두 개가 비슷한 양상으로 겹쳐 증상이 더욱 심해질 수 있다.

감약 했을 경우에는 감약한 후 바로가 아닌 약 1주일 뒤에 금단증상이 나타나면서 고통이 되는 경우도 꽤 있다. 그래서 감약한 후에 즉시부터 며칠간 상태가 괜찮다고 안심하면 안 되고 잘 지켜봐야 한다.

***

영양제의
선택

기저 질환 약을 먹을 때는 그것을 도와주는 영양제를 복용하면 좋은 것 같다.

예를 들면 당뇨약을 오래 먹으면 체내 비타민 B12가 부족해지고 또한 고혈압약을 오래 먹으면 비타민 B1이 부족해진다고 한다.

고지혈증약 '스타틴'을 오래 먹으면 코엔자임 Q10을 챙겨 먹어야 좋다고 한다. 의사들은 안 먹어도 된다고 하지만 이 정도는 환우가 지혜롭게 결정해야 한다고 본다.

어쩐 진료과 의사든 처방 약을 오래 먹으면 어떤 영양소나 어떤 것이 부족하거나 부작용이 있으니 무슨 영양제나 음식을 챙겨 먹으라고 먼저 말해주지 않는다.

또한 정신건강의학과 의사도 정신과 약을 처방할 때 약의 가짓수를 늘리고 용량을 늘리면 늘였지 먼저 감약하자고 하거나 금단 증상, 부작용에 대해 먼저 말해주는 의사도 지금까지 본

적이 없다. 운 좋게도 그런 좋은 의사를 만난 환우가 있을지 모르지만 나는 없다.

의사가 먼저 말해주지 않는다면 방법은 환우와 보호자가 스스로 챙겨야 하는데 어찌 보면 정말 억울하지 않은가? 내 돈과 시간을 많이 지불하고 쓰고 가는 병원 진료에서 가장 최우선으로 받아야 할 서비스를 못 받는 것이 아닌가 하고 말이다.

내 경우만 봐도 암의 재발과 전이를 예방한다는 차원에서 복용한 항호르몬제가 부작용이 심각해 의사와 상담 후 치료 약 중단과 주사제 중단 결정을 받았다. 이것 또한 나 스스로 고생을 한 후에 의사에게 상황을 알린 것이다.

유방 외과는 상담 코디네이터가 따로 있지만, 치료 과정 중의 많은 부작용 중 심각한 부작용을 잘 설명해주거나 그럴 때 어떻게 해야 하는지 말해주지 않았다. 그냥 책자에 있는 내용 중 몇 가지를 간추려서 말해 준 게 전부였다.

병원을 자주 다니면 어떤 약국의 약사가 약사의 의무를 다하는지도 알 수 있다.

기저 질환자는 먹는 약이 다 달라 약의 상호작용이 있을 수 있다. 이럴 때 보완하기 위해 영양제를 먹는 경우가 많은데 과연 어떤 영양제를 먹어야 안전할까 하는 고민을 많이 한다.

그런데 약에 대해 잘 얘기해주는 약사를 우연하게 만나게 되어 물어봤다.

"이 두 가지 영양제는 만 15세 이상이면 먹을 수 있는 영양제입니다. 그런데 기저질환이 있으시면 의사에게 문의한 후 먹는 게 좋을 것 같아요." (약사)

"제가 먹는 약과 이 영양제가 잘 안 맞나요?" (환자 정 씨)

"지금 가지고 계신 기저질환들에는 비타민으로만 된 영양제가 안전하고요. 무기질 이런 게 없는 거요. 또 고지혈증이 있으신데 이 영양제에는 오메가3가 있거든요." (약사)

그러면서 약사가 말하는 안전한 비타민 영양제는 다행히 내가 먹는 영양제였고 그래서인지 안심이 되었다. 나는 평소 영양제를 지나치게 많이 먹지 말자는 주의여서 총 2가지의 영양제만 먹는데 둘 다 잘 먹고 있다고 해서 영양제를 하나 선택하는 것도 고민을 거듭하는 내 성향에 스스로 위안이 되는 순간이었다.

영양제를 먹지 않아도 된다는 의사가 많지만, 그래도 이런 영양제 먹을 건데 괜찮으냐고 확인하면 좋다고 생각한다. 나는 의사한테 먹는 영양제까지도 일단 다 말한다.

그리고 여러 기저질환으로 먹는 약이 많을 때는 다 다른 약을 한꺼번에 먹지 말고 하나씩 조금씩이라도 시간 차이를 두고 먹는 게 좋다고 한다. 약마다 상호작용, 효과, 부작용이 다르기 때문이다.

나는 기저질환약을 많이 먹는데 왜 예전부터 영양제 등을 전혀 안 먹었는지 후회가 된다. 약에 따라 필요한 영양제가 있는데 그걸 챙겨 먹지 않고 처방약만 열심히 먹은 게 이제 와 생각하니 아쉽다.

기존의 치료 약을 먹는 환우라면 꼭 필요한 영양제는 잘 챙겨 먹었으면 좋겠고 아이들도 최소 한 가지 영양제는 미리 잘 먹였으면 좋겠다. 많은 종류의 영양제보다 내게 딱 필요한 바로 그 영양제 말이다.

의사는 딱히 영양제를 안 먹어도 된다고 하지만, 환우가 영양제 이름을 정확히 말하고 먹어도 되냐고 하면, "네, 먹어도 됩니다." 할 것이다.

기존 먹는 약들에 영향을 주는 영양제가 아니라면 말이다.

특히 비타민 B6, B12는 신경을 건강하게 해주는데 비타민 B5까지 먹으면 더욱더 좋다. 특히 불면증에도 좋다. 불면증의 경우 마그네슘이 도움이 되니 비타민과 함께 마그네슘을 챙겨 먹으면 좋다.

단약 일정 때에도 비타민을 잘 챙겨 먹으면서 진행하면 도움이 될 것인데, 정신건강의학과 전문의에게 이런이런 비타민 먹어도 되냐고 확인한 후 먹으면 좋겠다.

너무 많은 종류나, 단일 고용량의 영양제를 오래 먹으면 오히려 해롭다고 한다. 영양제의 성분이 겹칠 수도 있고 간과 신장에 무리를 주기 때문이다.

간과 신장이 좋지 않은 환우는 영양제 선택을 할 때 의사와 약사에게 꼭 문의해야 한다. 예를 들면 간에 안 좋은 영양제가 있다고 히는데 의학 논문에서 확정된 것이라고 힌다.

약사에게 확인한 사항은 이렇다.

-비타민 A는 간기능에 '확실하게' 안 좋은 영향을 끼친다.
-많은 다이어트 건강기능식품이나 갱년기 영양제가 간에 안
좋은 영향을 끼친다(소수의 전립선 영양제도 포함).
-생약 성분을 추출한 많은 건강기능식품은 간에 무리를 준다
(다수의 해외 직구 건강기능식품 포함).
-비타민 B3를 주의해서 먹어야 한다('확실한 논문 결과 확정'
은 아니지만 선택에 조심)고 한다.
일반적인 영양제에서는 비타민 A, 비타민 B3를 조심하면 되
고, 다른 사항은 약사에게 확인한 것을 참고하면 될 것 같다.
또 하나, 여성이 많이 먹는 다이어트 한약에도 간을 상하게 하
는 성분이 있다고 하니 조심하자.

비타민 B5, B6, B12가 추가된 비타민군 영양제를 먹었더니
정말 신경이 안정되면서 잠이 편안하게 들었다. 무엇인가 몸
이 달랐다.
여기에 마그네슘 정량을 함께 먹으니 효과는 더욱더 좋았다.
기저질환이 없더라도 평소 해당 비타민군 영양제를 잘 먹으면
매우 긍정적일 것 같다.

***

정신과 약이 꼭 필요하면
먹어야 하겠지만

정신과 약의 치료가 꼭 필요한 사람의 경우에는 당연히 치료해야 한다. 누구나 정신과 약을 먹지 않았으면 좋겠다는 게 아니다.

다만 기억할 것은 치료 약을 먹어야만 할 때 의사가 처방해주는 약의 종류와 성분, 부작용, 의사가 예상하는 치료 기간 그리고 단약할 때 주의사항 등을 환우나 보호자가 질문하면 좋겠다.

어떤 약부터 단약해야 하는지, 그렇다면 그 약의 감량을 어떻게 하고 각 유지 기간을 어떻게 가지는지, 금단증상이 있을 때 어떻게 대처해야 하는지, 의사와 이런 상담을 한 후 단약 일정을 실천해야 한다.

단약할 때 주의사항을 잘 지키고 내 몸에 맞춰 실천하면 안전하게 단약할 수 있다.

그러나 정신건강의학과 의사는 금단증상을 겪어보지 않고 처방만 하는 것이므로 단약 과정의 많은 증상과 어려움을 모른다. 만약 의사가 정신과 약을 먹었었고 금단증상까지 경험했거나 아니면 공황장애가 걸려서 그 공포를 경험했다면 그 의사는 아마도 사명감을 가지고 아주 많은 환우를 살릴 것이다.

하지만 그런 의사는 거의 없기 때문에 감약할 때 용량은 환우 자신이 세밀하게 느끼면서 조절하면 좋다.

예를 들어 의사는 2분의 1씩 나흘을 유지하며 감량하라고 했는데 환우 본인은 아무래도 무리인 것 같다. 이럴 때는 4분의 1, 5분의 1씩 1주일이나 2주일을 유지하겠다고 말한 후 실천해 보면 더욱 안전할 것 같다.

약은 기간이 걸려도 아주 조금씩, 천천히 끊을수록 안전하다. 10분의 1씩 감약을 한다는 마음으로 하는 게 좋은 것 같다. "그렇게 조금씩 감약 안 해도 됩니다!"라고 의사가 말할 수 있다. **다시 말하지만, 의사는 금단증상을 겪어보지 않았다.**

그리고 반드시 한 가지 약만 감약하는 게 좋다. 만약 3가지 약을 먹고 있다면 가장 먼저 단약해야 할 약을 확인한 후 그 약을 아주 조금씩 감약한다. 다른 2가지 약은 그대로 먹어야 한다.

한 가지 약을 완전하게 단약했으면 2가지 약 중의 또 한 가지 먼저, 이런 방법으로.

해당 약의 단약을 위해 완화할 수 있는 좀 더 순한 약으로 바꿔 주기도 할 텐데 이런 때도 확인하면 좋다.

의사가 처방해주는 약이 너무 많아 늘 놀란다. 관련된 여러 커뮤니티를 보면 먹는 약에 대한 질문을 꽤 하는데 볼 때마다 가슴이 다 철렁한다. 도대체 환우가 추후 단약할 때 어떻게 하라고 그렇게 많은 종류와 용량이 꽤 높은 약들을 처방하는지 정말 등골이 서늘할 정도다.

그래서 꼭 물어봐야 한다. 이것들이 도대체 어떤 약이냐고.

***

세로토닌
증후군

※ 세로토닌 증후군의 위험을 증가시키므로 모노아민 산화효소 저해제와 선택적 세로토닌 재흡수 억제제를 병용 투여하거나 선택적 세로토닌 재흡수 억제제 중단 후 5주 이내에 모노아민 산화효소 저해제를 투여하지 않도록 한다. 같은 이유로 모노아민 산화효소 저해제 투여 중단 후 14일 이내에 선택적 세로토닌 재흡수 억제제를 투여하지 않아야 한다.

(출처 / 지식백과)

※ 세로토닌 증후군

세로토닌 작용을 증강하는 2개 이상의 약물을 병용하거나 과량으로 복용했을 때 발생하는 증상으로 불안, 초조, 경련, 근육 강직, 고열, 발한 등의 증상이 나타나며 심한 경우 횡문근 융해, 혼수 등으로 생명을 위협할 수 있다.

(출처 / 지식백과)

세로토닌 증후군이 있으면 운동을 오래 하거나 식단조절을 심하게 하면 안 된다고 한다. 그래서 본인이 복용하는 약이 서로 세로토닌 증후군을 일으킬 수 있는지도 정신건강의학과 전문의한테 확인해야 한다.

환우가 평소 복용하는 약은 의사에게 영양제까지도 잘 알리는 게 좋다.

누구나 걷는 게 좋다고 해서 걷고 싶은데 신체의 힘든 증상이 너무 심해 걸을 수가 없을 때, 스스로 '이건 그냥 힘든 증상이 아니고 정말 이상하다.'라고 판단이 될 때는 꼭 병원에 가야 한다. 혹시 세로토닌 증후군일 수 있어서 그렇다.

정신과 약을 먹는 경우 한 가지 이상 먹는 상황이 많은데 의사에게 약을 확인해야만 한다. 또는 정신과 약을 먹는데 다른 진료과 약을 함께 먹는 경우에도 세로토닌 증후군이 나타날 수 있다고 한다.

정신건강의학과 의사한테 확인한 것은 이렇다

-예를 들면, 선택적 세로토닌 재흡수 억제제 계열의 약인 항우울제 렉사**를 20mg 고용량으로 먹으면서 코감기약인 콘*6** 이나 항히스타민제 등을 병용했을 때

-의사가 처방해준 정신과 약의 용량을 지키지 않고 환우 임의대로 과도하게 증량해서 먹을 때(한 알 먹으라고 했는데 3알, 4알 이런 식으로 먹는 것)

-세로토닌 작용을 증강하는 2개 이상의 정신과 약을 병용했을 때 등이다.

　모노아민 산화효소 저해제와 선택적 세로토닌 재흡수 억제제를 병용 투여하거나 선택적 세로토닌 재흡수 억제제를 과량해서 먹을 때에는 뇌 내에 세로토닌이 넘쳐나는 세로토닌 증후군을 유발할 수 있다고 한다.

　그리고 과일 중 자몽은 선택적 세로토닌 재흡수 억제제의 간대사를 저하해 금기라고 한다.

　코감기약인 콘*6** 말고 다른 약도 많은 데다 항히스타민제 종류도 많다(판*, 씨콜*, 테라**, 화이**, 콜대*, 타이** 등). 타이**의 성분인 아세트아미노펜은 삼환계 항우울제를 먹거나 바르비탈(중추신경계를 억제하는 약물이며 진정제, 수면제, 항경련제, 마취제 등으로 사용)을 먹는 경우에 함께 먹으면 안된다고 한다.

　그래서 환우가 정신과 약을 처음 처방받을 때도, 기존에 먹는 정신과 약을 바꿀 때도, 알레르기나 코감기 등이 있어 다른 약을 먹을 때에도, 영양제까지도 의사에게 다 확인해야 한다.

***

우는 아이
떡 하나 더 준다.

10대와 20대의 젊은 환우나 60대 이상의 환우는 될 수 있도록 연장자인 보호자나 장성한 자녀가 보호자로 동행하여 진료를 받을 수 있게 하면 좋겠다.

건강 정보에 좀 더 관심이 많은 사람이 질문사항을 미리 꼼꼼하게 적어 진료 시에 의사에게 질문하고 답변을 받아야 한다.

'우는 아이 떡 하나 더 준다.'는 속담도 있듯 의사는 질문하는 환우나 보호자한테 답변을 해주지 질문을 하지 않는 경우에는 먼저 세심하게 알려주지 않는다. 의사는 환우나 보호자가 무엇을 궁금해 하는지도 알 수 없고, 기본적으로 알려줘야 할 사항도 잘 알려주지 않는 경우가 많다.

내 직접적인 경험도 그렇다. 그래서 병원에 가든 약국에 가든 휴대폰에 메모하고 그것을 보면서 질문한다. '어디서 건방지게 이것저것 물어보고 있어?'라는 표정과 말투로 '의사는 윗사람, 환우나 보호자는 아랫사람'으로 여기는지 불쾌함을 표현하는 의사도 있다.

 우리 아이들이 다녔던 소아과 의사가 그런 성향이었다. 매우 교만해서 볼 때마다 언짢았는데, 그런 의사들은 환우나 보호자가 "네, 네, 선생님, 감사합니다, 감사합니다." 하면서 아무런 질문도 하지 않고 굽신거려야 한다고 여기는 것 같다.

 본인이 잘 못 되었는지 모르는 한심한 의사이다.

 21세 대학생이 다이어트약을 먹다가 불면증이 생겨 수면제를 먹었는데 갑자기 단약하다가 공황발작이 와서 공황장애에 걸렸다는 사연도 있고, 각종 약의 부작용으로 공황장애에 걸리는 경우가 꽤 있는 것 같다. 아니, 많다. 나 역시 치료 약의 부작용으로 이 모든 것이 시작되었으니 말이다.

 정신과 약은 우리가 흔히 먹는 소화제가 아니다. 어떤 이유로 내 병이 시작되었는지 고민해야 한다. 정신적인 문제로 시작되었는지, 어떤 약 때문에 시작되었는지 말이다.

 내 몸과 마음, 생활을 완전히 흔들어버릴 수 있는 엄청난 약이다. 의사가 교만하든 겸손하든 개의치 말고 질문은 꼭 하자. 환우는 공짜로 진료를 받는 게 아니라 시간과 비용을 쓰고 지불하며 진료를 받는 것이다.

 우리나라 사람은 의사한테 뭘 잘 묻지 않는 것 같다. 의사도 마찬가지로 잘 알려주지 않지만 말이다. 나는 평소 의사가 "그걸 어떻게 알았어요?" 할 정도로 꼼꼼하게 물어보는 성향이다.

가족의 오랜 병간호를 하느라 보호자로서 환우를 확실히 돌보기 위함도 있었다. 그리고 나도 기저질환이 있고 암까지 걸렸으니 당연히 더욱 자세히 물어보고 알아보는 열심을 다했다.

그런데 생각지도 않게 타 진료과에서 수면제 처방을 받아 그렇게 순진하게 먹게 될 줄은 정말 몰랐다. '원숭이도 나무에서 떨어진다.'더니 이렇게 말도 안 되게 초토화될 줄 상상도 못했다.

의사한테 왜 자꾸 물어봐야 하냐면, 의사는 뭐든지 괜찮다고 하는 경우가 많다.

"제가 먹는 이 약이 함께 먹는 ○○약에 영향 없어요?"
"네, 괜찮습니다."
"○○약이 부정맥을 심하게 할 수 있지 않나요?"
"아니요."

하지만 상호작용이 분명히 있는 약이 많다. 결론은 의사가 그 질환에 걸리지 않았고 고통을 겪어보지 않아서 공감하지 못하는 경우도 있는데 직접적인 고통과 경험을 하는 환우가 오히려 정확할 때가 있다.

특히 기저질환이 여러 개 있는 경우는 그만큼 많은 종류의 약을 먹는다, 그런데 어떤 약에서 손실되는 영양소를 보완하기 위해 먹는 영양제나 아니면 바로 그 처방약이 다른 기저질환 약에 부정적 영향을 끼치기도 한다.

일례로 정신건강의학과에서 인데* 처방도 꽤 많이 하는데 원래 이 약은 부정맥, 고혈압, 협심증 등의 치료제이다. 나도 부정맥 치료제로 오래 먹고 있다. 그런데 이 약은 혈압이 정상이거나 좀 낮은 환우의 경우 혈압이 더 낮아지고 맥박도 느려질 수 있다.

용량을 높일 경우 그 증상은 더욱더 심해진다. 그래서 갑자기 어지럽거나 무기력해지고 심장이 두근거리는 등 이상 증상을 느끼기도 한다. 혈압이 낮을 때는 다리를 좀 높이 올리고 눕거나, 서서 까치발 20번을 하면 혈압이 좀 올라간다.

그리고 당뇨가 있는 경우에 공황장애와 저혈당이 함께 올 수 있으니 몸 상태를 잘 관찰해야 한다. 그리고 환우 본인한테 기저질환이 생겼는지도 알아야 한다. 공황장애에만 신경을 쓰다가 환우 본인이 기저질환이 생긴 줄 모르고 고통을 겪는 환우도 있다.

부정맥이 있는 환우도 약 때문에 수시로 몸 상태가 변화하는데, 기저질환이 없는데 정신과 약 차원에서 인데*을 처방 받아 먹는다면 이 부분을 확실하게 알았으면 좋겠다. 부정맥이나 고혈압 등의 치료 목적이 아니라면 인데*은 솔직히 정신건강의학과에서 굳이 처방하지 않아도 되는 약이라고 생각한다.

환우 본인이 몸으로 체감하고 의문이 생기면 의사한테 반드시 물어보고 환우 본인도 여러모로 자세히 알아봐야 한다.

유방암
환자 정 씨

산 채로 죽음에 다녀온 느낌

예기 불안

야행성이 밤을 무서워하다

광장 공포증까지 겪다

단 기간에 시력이 나빠지다

준비할 것들

불안함의 정도가 완전히 다르다

약을 확인하라

수면제를 먹은 일정은 이랬다

건강 정보 프로그램은 왜 그럴까?

멀티를 못 하다니!

지나친 약 처방에 병이 든다

어? 몸 상태가 좋은데?

병원의 병실을 변화하면 좋겠다

포털사이트의 카페를 잘 활용하면 좋겠다

도대체 언제 안 아파져요?

손꼽아 기다리던 정신건강의학과 진료

감사

당뇨 저혈당

나는 느리지만 빠릿빠릿한 사람이었다.

건강은 건강할 때부터 지켜야 한다는 게 진리

보이지 않았던 눈

수면제 단약에 성공하다!

암 치료 약의 얼굴

젊은 유방암 환자가 증가하고 있다고 한다

스트레스를 너무 받으면 몸 안의 모세혈관이 터진다고 한다

결국 치료 약을 중단했다

피로하고 또 피로하다

편의점에서 캔 커피를 사는데 울컥했다

나 홀로 투병을 병원에도 알려라!

모든 것이 맞지 않는 환우가 있다

음식을 잘 골라서 먹는 것도 어려운 일이다

사탕 먹다가 죽을 뻔 했다

유방암
수술 당일

수술 당일이다.

오전 8시에서 미뤄져 9시 20분에 수술했는데 기다리는 시간이 초조하기보다 지루했다. '빨리 수술했으면.' 하는 마음.

나는 두 아이 모두 제왕절개수술로 낳았다. 모든 상황을 볼 때 '경막 외 마취' 분만이 더욱 안전해서 하고 싶었다. 그런데 겁이 너무 많아 아이들 분만할 때 제왕절개수술을 했는데 수술 침대에 누워 벌벌 떨었었다.

오죽하면 작은아이 때는 침대가 흔들릴 정도로 심각하게 떨어 간호사가 손을 꼭 잡아주면서 거듭하여 안심을 시켜줬었다.

그랬던 내가 이상하리만치 덤덤했다.

심지어 암 수술인데 이렇듯 덤덤하다니.

20년 세월을 인간 같지도 않은 인간들에게 얼마나 환멸을 느꼈으면,

티끌만 한 기대도 없을 정도로 얼마나 실망했으면,

내가 모든 걸 스스로 다 짊어질 만큼 얼마나 의지처가 없었으면 이렇게 덤덤할 수 있을까?

2시간이 조금 넘는 수술이 끝났다.

유방 부분절제를 했는데 7cm의 상피내암과 그 안쪽으로 교묘하게 딱 붙은 악성종양을(암) 잘라냈다. 그리고 겨드랑이를 절개해 5개를 잘라냈다. 좀 크게, 많이 잘라냈다는 의사의 말은 나중에 수술 후 첫 진료 때 들었다.

3분의 2 이상이 없어져 극심한 통증과 함께 속이 텅 비어 늘어진 유방. 수술 후 통증이 별로 심하지 않은 환우도 있다고 하는데 나는 정말 아팠다. 작은 유방이었으면 당연히 전절제였다.

큰 유방이 평생 싫고 불편해 좀 작아지면 좋을 줄 알았는데 '병 때문에 강제로 절제하니' 전혀 좋지 않고 기분이 정말 이상했다. 그렇게 내 왼쪽 유방은 마음처럼 그렇게 텅 비어 버렸다.

***

퇴원하다

퇴원이다.

수술이 끝나고 바로 겨드랑이에 배액 관을 꽂았는데 그 호스나 배액관 통이 참 거추장스럽다. 여러 가지 주의사항을 전달받자니 '아, 내가 정말 수술했구나. 이제 곧 긴 치료가 시작되겠지……'라는 긴장감이 들었다.

특히 왼쪽 팔을 늘 조심하라는 당부가 야무지다.

"무거운 것 들면 안 됩니다."

"높은 곳에 있는 물건 잡고 내리면 안 되고요."

"걸레 짜는 것, 빨래 짜는 것도 하지 마셔요."

"왼쪽으로 눕지 않도록 주의하셔야 해요."

"배액관이 빠지거나 막히지 않도록 조심하시고요."

그러니까 지금까지 너무 당연하게 해 왔던 일상 행동을 하지 말란다.

제한이 많을 앞으로의 생활을 그리다가 문득 저쪽 침대의 '모델 같이 멋지게 생긴 아기엄마 유방암 환우'를 물끄러미 쳐다봤다.

'아기를 안아야 하는데 힘들어서 어떻게 하지? 얼마나 속상할까?'
'저렇게 젊고 예쁜데 얼마나 막막할까? 얼마나 좌절이 될까……'

여동생 같아 마음이 너무 아프다. 아니, 내 처지나 걱정할 것이지 이놈의 성격은 생겨먹기를 남 걱정부터 하고 있다.

***

시퍼렇게
멍든 유방

수술 유방에 멍이 시퍼렇게 들었다.

수술 당일 밤부터 뭔가 멍이 번지더니 유방도 많이 붓고 좀 불편하다. 어디선가 철렁철렁 물소리가 난다. 뭐, 배액 관 주머니에서 나는 소리겠지.

유방과 겨드랑이 통증이 스멀스멀 또 시작되었다. 퇴원 시 처방받은 진통제와 소염제는 먹기가 솔직히 두렵다.

간 수치가 좀 높은 편이라서 평소에도 진통제 한 알 먹는 것도 망설이는데 검사부터 수술까지 간에 부담되는 약물을 많이 접했기 때문에 더욱더 그렇다.

그래서 진통제도 '아세트아미노펜' 성분이 아닌 '이부프로펜' 성분의 진통제를 먹는다. 기분이 그래서인지 거울을 볼 때마다 얼굴색이 부쩍 노래진 것 같아 혼자 깜짝깜짝 놀란다.

***

유방에서
물소리가 나다니!

아! 물소리의 정체를 찾았다.

바로 수술한 유방에서 나는 소리다. 세상에!

당연히 배액 관 주머니에서 나는 소리라고 생각했는데 정말 놀라웠다. 이유인즉슨, 나는 부분절제를 했는데 종양을 잘라 내고 빈 곳에 체액이 차서 물소리가 들리는 거였다.

수술 당일에만 유방 크기가 3분의 1만 남아서 푹 꺼졌는데 이후 붓기 시작해서 원래 크기보다 더욱더 부어 물소리가 아주 크게 났다. 살다 살다 내 유방 속에서 나는 물소리(정확하게 말하자면 체액 소리)를 듣는 날이 오다니!

12월 31일에 있는 유방 외과 진료 일을 앞당기기 위해 대학병원에 전화했다.

왜냐하면 수술한 쪽 유방이 너무 많이 붓고 체액도 많이 찰경우 주사기로 빼낼 수도 있다 했으니 말이다. 유방은 정말 빵빵하게 부풀고 유빙을 흔들면 낯선 물소리가 계속 났다.

***

공주님처럼
가만히 있으라고요?

가정간호사가 방문했다.

체액량을 보더니, 양이 아직 좀 많다고 약 일주일 정도를 더 지켜보자고 했다. 나는 양손잡이인데, 주로 왼손을 쓰니까 무의식적으로 자꾸 왼손과 왼팔을 쓰는 것도 안 좋았다.

수술한 쪽 팔을 많이 쓰면 체액량이 많아진다는데, 사실 몰랐다. 24시간 체액량이 20cc 이하로 되어야 배액 관을 뺄 수 있다고 하는데 양이 아직 많은데다 배액 관 꽂은 자리는 불편하고 배액관이 구부러져 길게 들어가 있는 곳은 아픈데 배액 주머니와 관이 있어 행동이 조심스러우니 여간 불편한 게 아니다.

이제 뺄 수 있으려나 하고 내심 기대했다가 아직은 뺄 수 없다니 솔직히 실망이 되었다.

"그러면 어느 정도 활동량이 되어야 양이 20cc 이하로 되나요?"

"네, 공주님처럼 가만히 계셔야 해요."

"넷?"

 그 말인즉슨, 정말 최대한 팔을 쓰지 말고 안정하라는 의미인데 자녀를 키우고 집안 일을 해야 하는 어머니 환우들한테는 참 어려운 사항이다. 거기에다 일까지 해야 하면 더욱 곤란하다. 거기에다 내가 공주님처럼? 가정간호사 앞에서 허허허 실없는 웃음만 계속 나왔다.

***

결국
물을 빼다

진료를 조금 앞당겼다. 오늘이다.

수술 후 일주일째 되는 날이다. 유방에 가득 찬 체액을 빼러 병원에 갔다. 버스, 지하철을 타고 약 2시간 걸리는 그 길은 많이도 간 길인데 수술 전과 수술 후가 너무 달랐다

바로 피로도에서 그렇다.

마음의 상태는 분명 양호한 것 같은데 몸의 상태는 확실하게 안 좋았다. 진료를 앞당긴 이유는 수술 유방에 물이 많이 차고 부어서인데 원래도 거대한 유방 크기가 더욱 부어서 통증이 있고 흔들면 물소리가 너무 철렁철렁 나니 염려가 되었다. 거기에다가 유방 전체가 시퍼렇게 멍이 들어서 보기에도 무서울 지경이었다.

진료 시 주치의의 말을 들어보니 수술하고 유방 내에서 출혈이 있었던 것 같다고 했다. 그 말과 더불어 올해 말 때쯤 유방 수술을 한 번 더 하자고 했다.

진료 초기부터 했던 얘긴데, 워낙 거대한 유방인데 수술 유방 크기가 많이 줄어서 다른 쪽 유방과 차이가 너무 커서 등과 어깨 목이 아프면서 척추나 허리에도 무리가 생길 수 있다고 했다.

 삶의 질이 떨어진다는 건데, 원래도 유방 무게 때문에 평생 통증을 안고 살았지만, 수술 후에는 어떻게 되려는지 궁금하긴 하다.

 그러나 일부러 수술하는 게 아니라 암 때문에 이런 수술까지 하게 되는 건 좀 슬프고 수술을 이미 해 봤기 때문에 무서운 건 사실이다.

***

적막한
크리스마스

온 땅에는 평화, 이 땅에는 기쁨!

너무도 적막한 크리스마스이브다.

내가 느끼는 컨디션은 무엇이든 할 수 있을 것 같은데 현실적
몸과 마음의 상태는 그럴 수 없다. 유방암에 걸리기 이전으로,
수술하기 이전으로 돌아갈 수 없는 건강 상태와 그리고 생활
습관과 생각을 많이 바꿔야 하는 혼란스러움…….

이를테면, 팔을 들어 저 위의 물건을 내리고 팔을 휘휘 돌려
서 스트레칭하거나 손바닥으로 바닥을 세게 짚고 일어나고 가
슴을 퉁퉁 두드리는 행동을 하거나 아니면 겨드랑이를 부드럽
게 문지르는 등의 일상적으로 해왔던 것들 말이다.

그리고 걱정하지 않고 어디든지 다니고 먹고 행동했던 것들,
이제는 앞서 먼저 멈칫하게 된다는 게 얼마나 불편한지 모른
다. 그게 얼마나 피로한 지도 새삼 느낀다.

거기에 전이와 재발을 늘 염두에 둔다는 건 또 얼마나 스트레스인지.

물론 완치 판정을 받고 건강을 회복하면 좀 달라지겠지만 유방암에 걸리기 이전과 똑같아진다는 건 욕심인 것 같다. 앞으로도 펼쳐질 낯설고 불편한 과정들이 나를 기다리고 있고, 적응하는 건 온전히 나의 몫이다.

***

앞으로의
치료는

항암치료를 안 하게 되었다. 정말 다행이다.

항호르몬 치료와 방사선 치료는 하게 되었는데 잘 되겠지?

***

유방암 치료가
힘들다고 하는 이유

수월할 것 같은 유방암 치료가 왜 힘들다고 하는지 직접 경험해보니 알겠다. 많은 어려움 중 가장 힘든(개인적인 생각에) 네 가지가 있다.

첫 번째로 수술 이후의 회복과 치료 과정이 복잡하고 어려움이 매우 많다.

나는 절제 부위가 컸는데 거대 유방이었기 때문에 부분절제가 가능하다고 했다. 무게 때문에 밑으로 늘어 져 수술 부위가 당겨지니 수술 후 통증이 심해서 고생했지만 어떻게, 어떻게 견뎌냈다.

하지만 수술하고 나서가 고통의 시작이었다. 복잡하고 힘들다는 유방암의 치료과정이 떡하니 버티고 있었다.

두 번째로는 심리적 충격이 무척 크다.

심리적으로 가장 힘든 점은 여성에게 중요한 신체 부분인 유방을 절제하는 것에 대한 상실감이다. 다른 여타 암 대부분이 신체 내부에서 절제해서 수술 부위가 내 눈에 보이지 않는다면, 유방암은 외부로 돌출되어 가장 잘 보이는 '유방'을 절제하는 것이므로 예상했던 것보다 충격이 크다.

이런 심리적인 충격과 치료 약의 부작용으로 유방암 환우의 우울증 발생률은 매우 높다.

세 번째는 통증 부위가 다양하고 주의해야 할 사항이 너무 많다.

그리고 수술 시 유방과 겨드랑이 등 함께 절제하는 부분과 상황이 꽤 많기 때문에 수술 후 통증이 수술 유방, 겨드랑이, 수술 유방 쪽 팔, 거기에 수술 부위 주변 체액을 빼내기 위한 배액 관을 꽂은 부위와 배액관이 통과하는 심장 위 공간까지 다양하다.

주의할 사항도 많다. 수술 유방 쪽 팔로 무거운 물건을 들거나 힘을 주는 등 무리한 행동을 해도 안 되고 배액관이 빠져도 안 되고 배액관이 막혀도 안 되며 수술 유방 쪽 팔이나 손에 상처가 나도 안 되고 채혈하거나 혈압을 재도 안 된다. 참 골치 아프다.

수술 후 조직검사 결과에 따라(암 타입, 기수) 각 환자의 향후 치료 일정이 정해진다. 항암치료 + 방사선 치료 + 항호르몬 치료 과정을 하거나 항호르몬 치료 + 방사선 치료를 하는 등 환자에 따라 다 다르다.

항호르몬 치료의 경우는 3개월에 한 번 항호르몬 주사를 맞고 항호르몬 경구약을 매일 먹는다. 주사나 먹는 약은 보통 5년 예상하는데 먹는 약은 10년까지 먹으라고 하는 경우도 많다.

주사는 기간이 좀 단축되기도 한다. 또 주사 없이 경구약만 먹는 경우도 있다.

항암치료가 힘들다는 건 많이들 알고 있으니까 그 힘듦과 부작용을 말하자면 끝이 없다. 그리고 중요한 것은 '유방암 부분 절제'를 한 경우는 방사선 치료를 한다.

방사선치료도 역시 힘든데 고농도의 방사선을 받는 것이기 때문에 피부가 건조하고 쪼그라들면서 검게 변색하고 가려움 등 부작용이 있다. 거기에 마치 멀미하듯 메슥거리고 어지러우면서 무기력해지고 피로 등의 증상도 있는데, 일단 방사선 치료는 주말을 제외하고 평일에 5일간 매일 치료를 위해 병원에 가는 것부터가 무척 힘든 일이다.

나와 같이 평소 전기장판을 쓰면 몸이 아프거나 하는 등의 전자파에 약한 사람은 방사선 치료 때 더욱더 힘들다고 방사선종양과 의사가 말했다. 내 경우 치료 약 부작용도 겹쳤지만 방사선 치료 시기에 백혈구 수치와 호중구 수치가 절반 이상 떨어져서 너무 힘들었다.

방사선 치료는 적은 횟수도 있지만, 보통 20회 이상을 하는데 치료 기간에는 샤워할 때 비누칠을 하면 안 되고 물로만 샤워해야 한다. 이유는 방사선 치료를 위해 유방에 그림을 그려 넣은 잉크가 지워지면 안 되기 때문이다.

부위에 아주 정확하게 방사선을 쏘여야 하므로 잉크 자국을 사수해야만 한다. 아, 물론 지워지면 의료진이 다시 그려준다!

네 번째는 내 몸이 강제로 나이가 드는 것이다. 치료 약 부작용이 매우 많다.

호르몬 양성인 나는 치료 중 항호르몬 주사를 맞고 항호르몬 약을 먹었다. 유방암 타입은 여러 가지가 있지만 일단 나를 기준으로 얘기하겠다.

나는 폐경이 되려면 최소 5년 이상이 남은 것으로 아는데 이 주사와 먹는 호르몬 약은 내 몸을 강제로 폐경 시키는 것과 같다. 졸라**주사는 월경을 멈추게 한다.

여성의 몸이 폐경 때가 되면 자연스러운 과정을 거쳐도 힘든데 아직 폐경 하려면 한참 남았는데도 약으로 강제하니 몸에 여러 이상 증상이 생긴다.

우선 주사로 월경이 멈추고 먹는 약으로는 많은 부작용을 불러오는데, 극심한 갱년기 증후군, 불면증, 불안장애, 공황장애, 감정변화, 열감, 두통, 피로함, 뼈 통증, 질 분비물 증가, 질 출혈, 질 가려움, 자궁 내막이 두꺼워짐으로 수술하거나, 오심,

체액 잔류, 피부발진, 홍조, 빈혈, 백내장, 망막병증, 면역계 과민성 반응, 트리글리세리드 증가, 다리 경련, 감각 장애, 허혈성 뇌혈관 질환, 어지러움, 설사, 변비, 간 효소 수치의 변화, 지방간, 췌장염, 호중구 감소증 등 매우 많다.

주사의 부작용도 마찬가지로 많다.

추운 날에도 손 선풍기를 가지고 다녀야 할 정도로 얼굴과 머리, 목에 열이 확 나고 땀이 비 오듯 흘렀다가 갑자기 한기가 드는 증상이 하루에도 수십 번 닥친다. 그리고 운이 안 좋은 경우 자궁내막암에 걸리기도 한다.

산부인과 계통 부작용은 이렇게 늘 함께한다.

이러면서 골다공증도 생기고 '뼈'에도 이상이 생겨 뼈가 많이 약해진다. 허리디스크가 생기거나 심해져 수술하는 때도 있다. 강제로 나이가 들게 하니 '암 치료를 위해 맞고 먹어야만 하는 약들'이 오히려 내 몸의 정상적인 부분을 파괴하는 모순을 만든다.

유방암의 특성과 복잡한 치료과정이 이러하니 유방암 환우들은 죽기 살기로 운동해야만 한다. 왜냐하면, 뼈도 약해지고 산부인과 계통도 나빠지는데 치료 약으로 비만이 되는 경우도 있기 때문이다.

거기에 우울증, 불면증, 공황장애와 같은 질환에도 시달리며 정신건강의학과 진료 협진도 대단히 많이 받는다.

방사선 치료
1회 차

방사선 치료 1회차다.

내심 긴장되었는지 잠을 계속 못 자다가 한 1시간 30분 정도 잤다. 유방암 치료과정 중 먹으면 정말 좋지 않은 게 있는데 바로 설탕이다. 그런데 참 곤란하게도 난 당뇨가 있다.

각 장기의 높이가 중요한 방사선치료인데, 내 위가 좀 부어있다고 해서 방사선 치료 전에는 식사도 정말 아주 조금만 하고 물도 조금 먹었다.

그런데 문제는 집에서 병원까지 왕복 4시간이 걸린다. 운전면허가 없어 대중교통을 이용하는데 지하철 2번, 버스 1번을 갈아탄다. 그러니까 지하철 총 4번, 버스 2번이다.

밥도, 물도 아주 조금 먹고 출발하니 당뇨 허기와 저혈당이 오기도 하는데 이럴 때 사탕 3~4알 정도를 빨리 먹어줘야 한다. 그런데, 유방암에 좋지 않은 게 설탕이고 저혈당 시에는 사탕 등을 먹어야 한다. 정말 어렵고 곤란한 환자, 나다.

치료가 끝나니 역시 혈당이 떨어지고 허기가 밀려왔다.

그래서 병원 안에 있는 국숫집에서 국수 한 그릇을 먹었는데 정말 혼쭐이 났다. 체하고 토하고…….

이후로 방사선치료 후에는 미지근한 물 2컵을 먼저 마시고 따뜻한 두유 1개와 소자 고구마 2분의 1개와 사과 4분의 1쪽만 조심히 먹고 좀 쉬다가 병원에서 나왔다. 왕복 4시간의 대중교통의 어려움이 있어 먹지 않으면 안 된다.

* * *

앞으로도 잊지 못할
방사선 종양과 의사를 만나다

방사선 종양학과 의사 면담이 있는 날이다.

내가 늘 생각했던 전자파에 민감한 사람이 있다는 건 방사선 종양학과 의사도 말했다. "전기담요를 켜놓고 못 잔다, 컴퓨터 모니터를 오래보면 힘들다, 휴대폰도 오래 보면 힘들다." 즉 방사선 치료가 별로 민감하지 않은 사람과 비교해 훨씬 힘든 것이다.

나는 평소에도 휴대폰이나 컴퓨터 모니터에 블루라이터 필터를 설치하지 않으면 너무 피로해서 오랜 시간 보기가 힘들다. 콘센트 쪽으로 머리를 향해서 자면 두통이 있고 플러그를 꽂아 눈 찜질을 하는 안대도 못 한다.

나중에 만나게 된 정신건강의학과 의사는 전자파 취약성도 심리적인 것이라고 말했다. 어떤 환우가 전자파에 약해서 손이 부었다고 했는데 항불안제를 처방해주니 먹고 손이 정상으로 되었다고 했다.

물론 그런 경우도 있을 것이다.

그런데 전자파에 취약한 사람은 분명히 있고, 전자파를 접했을 때 그전에 겪었던 어려움의 기억으로 인해 불안한 심리도 있겠지만 신체화 증상만이 아닌, 실제로 두통과 메스꺼움, 혈압 저하, 체한 느낌 등 불편한 증상이 닥친다. 이것도 직접 겪어야만 알 수 있다.

방사선 치료를 할 때 유독 힘든 사람이 있다면 아마도 나와 같은 체질의 사람도 포함될 것 같다. 방사선 치료 부작용이 이렇게 각자 다른 점에 대해 의학자들이 연구 좀 해줬으면 하는 개인적인 바람이다.

그렇다면 암 환우의 방사선 치료 중 도움이 되는 부가적인 치료법이 나오지 않을까?

***

내가 유방암 환우라는 게
믿어지지 않는다

방사선 9회 차다.

아직 믿어지지 않는다. 내가 암 환우라는 것이.

일정대로 성실하게 잘 따르고 있지만, 마음 깊은 곳에서는 믿을 수가 없고 믿기도 싫다. 살아온 날보다 살날이 얼마 남지 않은 내 인생의 계획이 다 수정되어야만 하는 이런 현실이 버겁다.

늘 씩씩하고 긍정적인 마음으로 살아왔지만 그렇다.

어떤 암이든 힘들고 어떤 종류의 암에 걸린 환자든 다 측은지심이 든다. 그런데 같은 여성이지만 유방암 환자는 이상하게도 더욱더 불쌍하다. 뭔가 보호해주고 싶은 마음이 들 정도로 불쌍하다.

내 발등에 불이 떨어졌는데 또 다른 사람 걱정이라니……

* * *

수면제의 악몽이 시작되다

타목**으로 인한 극심한 불면증을 말했던 걸 기억했는지 방사선 종양과 의사가 먼저 약을 처방해 줬다.

처방해 준 날 바로 먹지는 않고 나흘 뒤에 먹었는데, 스틸**10mg 반 알을 먹고 1시간이 훨씬 지나도 웬일인지 잠이 오지 않았다. 그래서 다시 반 알을 마저 먹고 눈을 감고 누워 있었더니 1시간 뒤쯤 잠들어 7시간 정도 잤다. 머리는 조금 아프지만 첫 날의 컨디션은 일단 양호했다.

의사는 반 알을 먹고 잠이 오지 않으면 마저 반 알을 먹으라고(그러니까 1알) 했는데 바로 이날이 전혀 상상하지도 못했던 수면제의 악몽이 시작된 날이다.

***

산 채로 죽음에
다녀온 느낌

의사가 처방해 준 스틸** 10mg을 먹으면서 며칠은 별다른 이상 증상을 별로 못 느꼈다. 그러나 일주일 정도 먹자 뭔가 몸이 더욱더 힘들어 '이 느낌은 뭐지?' 하면서 고민을 거듭하다가 갑자기 단약을 했다.

스틸**를 먹은 지 12일째 되는 날이다.

단약하고 이틀을 정말 한숨도 못 잤는데 엎친 데 덮친 격으로 그 기간에 평소 부담이었던 가장 큰 걱정거리로 스트레스를 많이 받고 있었다. 이틀째 되는 밤 11시에 극심한 금단증상을 겪었다.

산 채로 죽음의 문턱에 다녀온 공포라는 게 맞는 표현이다.

금단증상과 공황발작은 증상이 매우 비슷한데 내 경우에는 금단증상을 겪은 후 바로 급성 공황발작이 왔다. 금방 죽을 것 같은 공포, 숨이 쉬어지지 않아 목이 답답하고, 눈앞이 흐려지면서 식은땀이 나고 불안과 초조가 극에 달하는 느낌이었다.

오죽하면 남보다 더 남 같아서 결코 의지할 수 없는 남편에게 달려가 "여보! 나 죽을 것 같아! 어떻게 해! 살려 줘!"라고 꼭 끌어안고 매달리는 상황까지 되었다.

거실이 시끄러우니 '책임감 있는 보호자 역할'을 하는 작은 딸아이가 놀라서 방에서 뛰어나와 나를 데리고 안방으로 신속하게 부축하고 들어왔다. 덕분에 '말도 안 되게 자존심 상하는 그 포옹'이 약 5초 정도에서 끝났다. 5초만 의지해서 정말 다행이었다.

남편은 내 그런 모습을 난생처음 봐서 놀랐는지 어쨌는지 알 수 없지만,

"야, ○○야, 니 엄마 아프단다, 허허허, 아니, 참 나, 허허허."

라고 알 수 없는 웃음만 웃었다.

'연예인이 많이 겪는다는 공황장애!'
'요즘은 10대도 겪어 평생 고생한다는 그 증상!'

기저질환도 있는데 암까지 걸려 충격을 받아 우울과 불안도 있으니 그런 느낌의 가벼운 증상은 간혹 있었지만, 그것과는 완전 차원이 다른 느낌이었다. 막상 닥치니 너무 당황이 되어 과연 이것이 금단증상인지 공황발작인지 도대체 뭔지 혼란스러웠다.

학교폭력에 관련되어 고통받은 피해자, 연예인 왕따로 고통을 겪은 피해자, 군대에서 괴롭힘을 당하거나 운동선수로 지내면서 선배한테 괴롭힘을 당해 고통 받는 피해자 등 정신과 약을 먹는 사회의 수많은 피해자의 고통에 온 마음을 다해 진정으로 공감되는 순간이었다.

 어떤 질환이든 그렇겠지만 금단증상이나 공황장애는 직접 경험하지 않으면 정말 아무도 그 고통을 상상할 수 없는 굉장히 세밀한 영역 같다.

 금단증상에 이어 급성 공황발작으로 이어지면서 무려 1시간 20분간 이어진 엄청난 고통은 이후 예기불안과 광장 공포증을 가지고 왔다. 기가 막혔다. 암 치료 약의 부작용으로 시작되어 그것을 안정시키기 위해 '의사가 먼저 처방해 준 수면제'를 먹다가 단약을 했다.

 그것이 이런 무시무시한 증상을 몰고 올 줄은 꿈에도 몰랐고 지금까지도 억울하고 속상하다.

***

예기
불안

낮에도 가끔 불안증세가 오다가 해가 지고
어두워지면 무섭고 불안해졌다.
특히 금단증상과 공황발작이 닥쳤던 밤 11시가 다가오면
공포와 불안이 더욱 커졌다.

야행성이
밤을 무서워하다

나는 원래 야행성이어서 밤 시간대를 좋아했고 특히 밤 11시 이후의 시간을 좋아했다. 그런데 잊지 못할 공포를 겪은 시간대가 밤 11시 즈음이 되면서 '좋아하는 시간대가 두려운 시간대'로 바뀌었다.

해가 지고 어두워지면 뭔가 포근함과 안정을 느꼈었는데 반대로 힘들고 무서워졌다.

만약 내 아이들이 이런 고통을 겪는다면 내 생명과 바꾸겠다는 각오가 들 정도의, 절대 겪지 말았으면 할 정도의 두려움이었다.

***

광장
공포증까지 겪다

버스에서도 예기 불안을 느끼며 공황장애 증상이 왔다.

약 10분여의 시간이었지만 1시간처럼 길게 느껴졌고 세상의 색깔이 흑백으로 다가왔다. 평소 버스나 자동차에서 멀미가 심해 타는 게 힘들었지만, 멀미 때문에 타기 싫었던 것이지 버스나 자동차에서 공포를 느낀 적은 평생 한 번도 없었다.

그때까지 내 증상을 잘 모르던 큰아이와 버스를 함께 탔을 때여서 내색을 못 해 몇 배로 힘들었다. 그날 이후로 큰아이에게 내 상태를 알려줬지만 어쨌든 이 날은 서로 급한 일정이 있어서 말은 하지 않았다.

횡단보도에서 헤어진 큰아이의 뒷모습을 보며 '걸으면 1시간 30분 이상의 거리지만 걸어갈까?'라고 정말 진지하게 고민했다.

한참을 고민하다가 지하철을 타고 왔는데 다행히도 괜찮았고 아마도 버스보다는 지하철을 선호해서 안심되어 그런 건 아닐까 한다.

*　*　*

단 기간에
시력이 나빠지다

안경테와 안경렌즈를 바꿨다.

항호르몬제 부작용으로 시력이 저하되고 침침하고 안구 건조증에 시달리고 있었다. 가뜩이나 그런 상황에서 수면제 금단 증상과 급성 공황발작을 겪은 후 이어지는 어려움 속에서 눈 상태가 심각해졌다.

원래 있는 노안이 좀 심해졌다거나 일반적인 시력 저하와는 다르게 매우 어지럽고 복시 증상에 편두통과 뇌가 멍한 증상이 함께 있었다. 책이나 신문을 읽거나 집중할 수 없는 상태가 된 것이다.

거기에다 나는 양쪽 시력이 다른데 수십 년간 왼쪽 시력이 나빴다. 그런데 이번에는 오른쪽이 훨씬 나빠졌다. 안경렌즈를 바꾼 지가 꽤 오래된 것을 고려해서 2단계 정도가 나빠진 상태였다고 해도 총 6단계가 나빠졌다.

하지만 의사는 안경 시력을 한꺼번에 많이 올리면 적응이 힘들어서 일단 2단계만 올리자고 했다. 어이없고 기가 막혔다.

당뇨가 있어 합병증인 당뇨망막증도 늘 걱정해야 하고 항호르몬제도 망막증과 안과 관련 부작용이 있다고 해서 부담인데 약 부작용과 금단증상으로 이렇게 직접적인 어려움을 겪다니…….

나도 모르게 눈물이 글썽했다.

마음을 좀 가라앉힌 후 안과 의사한테 사실은 유방암 환우고 투병 중이라고 말했다. 몇 기냐고 물어본 후 의사는 친절하지만 냉소적인 목소리로 이렇게 말했다.

"얼마나 다행이에요? 그것으로 고마워하세요. 정기 검진 일에 잘 맞춰 오시고요."

의사의 말은 내가 암말기와 같은 기수가 아니니 다행이고 고마워하라는 것이었다. 그런데 말이다. 전혀 위로가 되지 않았다.

암 기수가 몇 기이든 암 환우는 죽음, 재발, 전이에 대한 두려움을 늘 안고 산다. 형식적으로 친절하면서 감정이 없는 목소리로 그렇게 말하는 안과 의사를 보면서 '의료진이 정말 한참은 멀었어.'라는 생각을 했다.

어떻게 말하는 것이 진정으로 환우를 위로하는지 모른다는 게 문제다. 그래, 의사나 간호사들이 정말 병에 걸려봐야만 환우의 마음을 알 수 있겠지!

유난히 아프거나 힘든 날에 평소 나답지 않게 좀 하소연을 하면 가족조차 이렇게 말할 때가 있다.

"그냥 가슴축소 수술한 것으로 생각해. 평소 너무 커서 싫어했잖아."
"암 말기가 아닌 게 어디야? 다행으로 생각해."

자식이라도, 남편이라도 이런 소리를 하면 정말 꼴 보기 싫다. 위로가 안 된다.
하지만 자식의 경우 악의가 있는 게 아니라, 위로하고 싶은데 어떻게 해야 할지 모르는 것 같고 아직 어리니까 내가 그냥 넘어가 주는 것이다.
반대로 정신건강의학과 의사는 첫 진료 일에 이렇게 말했다.

"암 환우는요, 기수를 떠나서 다 힘드신 것 같아요. 정말 그런 것 같습니다."

바람직한 위로다.

***

준비할
것들

이쯤에서 확인할 것을 간단하게 쓰겠다.

(1) 준비해야 할 것과 (2) 놀라지 말 것, (3) 해결해야할 것.

세 가지다.

나는 국가검진 이후 암이 의심된다며 추가검사 문자를 받았다.

(1) 혹시 내가 암일 수도 있다는 생각을 하고 추가 검진을 반드시, 꼭, 받아야 한다. 어떻게 해서든지 검사 비용을 준비해야 한다. 왜냐하면, 경제적 어려움이 큰 사람도 있으니 검사 비용을 마련하지 못해 추가검사를 못 받는 경우도 많다.

(2) 검진했는데 암이라고 한다. 사실 이때가 충격이 큰 순간이다. 힘들겠지만 최대한 마음을 평안하게 하도록 일상을 유지하는 것이 중요하다. 어떻게 해도 마음이 편하지 않기 때문에 '일단 단순하게 규칙적인 일상을 유지하는 게' 중요하다.

(3) 의사나 상담 코디네이터에게 암 치료 과정을 들으면 환우 본인의 일정을 계획한다. 직장인, 어린아이를 키우는 상황 등 각자 생활에 맞는 치료 일정의 확보를 해야 한다.

일정을 정하면서 병원비, 생활비 등을 먼저 준비하는 게 필요하다. 놀라고 당황해서 아무 생각도 할 수 없겠지만 당장 현실인 이 두 가지, 돈이 해결되지 않으면 향후 치료 과정이 정말 힘들다.

***

불안함의 정도가
완전히 다르다

**암 판정 때와 암 수술 이후의 불안함보다 금단증상이나 공황
발작 이후의 불안함과 공포가 훨씬 더 컸다.**

이전의 불안함은 힘들게라도 일상생활이 되었는데 이것은 수
시로 닥치는 불안이 일상의 모든 걸 파괴한다. 그냥 평범하게
지내는 일상 말이다.

밤이 되면 좀 뒤척거려도 자고, 밤이 되면 쉴 수 있어 오히려
마음이 안정되는 듯 했고, 애들과 대화하면 뭘 이렇게, 저렇게
해야 하겠다고 적극적인 계획이나 실천을 하고, 내가 아파도
언제까지는 애들을 보호하고 지켜야 한다는 의지도 실행력도
있었다.

그러나 수시로 강도처럼 덮치는 불안감은 그저 아무 희망도,
계획도, 실천도 할 수 없게 만들었다. 방사선치료가 끝난 지 2
주도 안 되었다. 치료가 끝나자마자 폭풍처럼 닥치는 치료 부
작용들. 의사는 치료가 끝난 후에 더 힘들 거라는 말은 했다.

그러나 "이런 치료에, 이런 약에는 이런 부작용들이 따릅니다.", "이럴 땐 이렇게 하세요.", "심리적인 문제는 이런 게 가장 힘듭니다."라는 등의 세밀한 이야기가 없이 환우가 그냥 마구 맞닥뜨리는 투병 생활은 정말 고통스럽다.

물론 암 생존자 통합센터와 같은 곳이 있다.

하지만 내 수술을 한 의사나 협력진료를 하는 진료과의 의사가 그런 사항들을 말해주면 안심이 되고 나름의 계획을 세울 수 있을 텐데 환우에게 그런 기회가 차단되는 것 같아 아쉽고 화가 난다.

다시 말하지만, 이 약에 대한 부작용이 없다는 사람도 있고 (내 사촌 언니의 친구가 유방암 환우인데 부작용이 없다고 했다), 일정 수준의 여러 부작용이 있다는 사람 또 심각할 정도의 부작용을 겪는다는 사람이 있다. 다양하다.

안타깝게도 나는 심각한 부작용을 겪는 유방암 환우의 케이스다. 그냥 힘들고 아프고 불편한 그런 수준이 아니라 매일의 생활과 생각, 행동 등을 제대로 할 수 없을 정도로 부작용이 심하고 기저질환에까지 영향을 줬다.

암의 재발과 전이를 예방한다는 중요한 목적의 치료 약이 그외의 수많은 부분에서는 부작용을 가져온다는 게 어찌 보면 답답한 일이다.

그런데 재발과 전이의 두려움을 안고 살더라도 복용을 중단해야 하지 않나 하고 깊이 고민할 정도니, 이 작은 한 알의 항호르몬 치료 약이 내 몸에서 도대체 무슨 짓을 하는 건지 볼 수 있는 현미경이 있다면 보고 싶을 정도다.

이런 고충을 겪는 유방암 환우의 가족이라면 환우에게 정말 용기를 주면 좋겠다.

약을
확인하라

습관이 생겼다.

약의 성분과 효능, 그리고 부작용을 반드시 검색하는 것이다. 물론 예전에도 약이라면 꼭 검색해야 하고 확인하는 성향이었지만 수면제 금단증상을 혹독하게 겪었기 때문에 더욱더 그렇다.

정신과 약뿐 아니라 처방해주는 편두통, 두통약, 코 감기약, 우리가 일반적으로 사서 먹는 이런저런 약 등 미처 생각지 못한 약에도 부작용이 많다는 걸 알았다. 그리고 그것을 장기간 먹다가 갑자기 단약했을 때 다양한 모습의 금단증상으로 온다는 것도 알게 되었다.

일반적인 약들도 이런데 정신과 약은 어떻겠는가?

일례로 정신건강의학과 진료가 아닌, 타과 진료인데 처방전을 보면 정신과 약이 처방된 경우가 있다. 타과 진료지만 정신과 약을 쓰는 상황도 있는 것으로 아는데 그래도 내 질환이 그 약을 안 써도 되거나 쓰면 안 되는 것일 수도 있다.

처방전을 반드시 확인하고 약에 대한 의문이 생기면 병원에서, 약국에서 확인하길 바란다. 정신과 약을 힘들게 단약했는데 나도 모르게 다른 종류, 성분의 정신과 약을 다시 먹게 될 수도 있다.

 우리가 평소 얼마나 많은 약에 중독되어가고 의사는 그런 약들을 아무렇지 않게 처방해주고, 아무 정보도 없고 죄 없는 환우는 임의대로 단약하거나 감약하는 경우 죽음의 문턱을 들락거리는 금단증상에 시달리는 악순환의 연속이다.

 지금의 세상과 우리 아이들이 앞으로 살아가는 세상은 정신과 약의 오용과 남용이 더욱더 심할 텐데 정말 심각하게 생각해야 한다.

***

수면제를
먹은 일정은 이랬다

 (1) 스틸** 10mg 한 알을 먹기는 싫어서 반 알로 잘라 처음 먹은 후 잠이 오지 않아 다시 반 알을 먹고 1시간 뒤 잠이 들었다.

 (2) 12일을 계속 먹다가 갑자기 단약을 했다.

 (3) 단약 후 이틀을 한숨도 못 자고 스트레스 받는 일로 매우 힘들었는데 이틀째 되는 밤에 표현하기 어려울 정도의 심한 금단증상과 급성 공황발작을 겪었다.

 (4) 단약 후 사흘째부터 반 알로(5mg) 감약하여 먹었는데 피로한 증상만 좀 느끼고 다른 증상을 별로 못 느끼다가 감약 일주일째부터 금단증상과 같은 수많은 증상을 겪기 시작했다. 총 8일을 유지했다.

 예를 들면, 동공 확장, 편두통, 어지러움, 브레인 포그, 비현실감, 식욕이 완전히 없어지고, 복시, 눈이 침침하고 안보이며, 집중할 수 없는 등 일상이 어려운 상태였다.

(5) 그러다가 6mg으로 조금 증량하여 유지 기간을 좀 길게 가졌다.

(6) 감약을 계속 해 나가던 중 정신건강의학과 진료를 받고 치료 약을 처방받은 후 스틸**를 완전 단약했다.

나를 정말 폭풍우 속에 가둬 놓았던 수면제의 악몽에서 드디어 벗어났다.

***

건강 정보 프로그램은
왜 그럴까?

 지상파 TV의 유명한 건강정보 프로그램 아침** 등 그 많은 건강 프로그램은 왜 그럴까?

 다른 진료과의 의사들은 출연해서 이것저것 자세히 알려주는데 왜 정신건강의학과 의사가 출연했을 때는 정신과 약의 단약, 감약, 금단증상, 주의사항 등을 알려주지 않을까?

 정신과 질환에 대해 이야기를 하는 건 봤지만 약에 대해 알려주는 것을 본 적은 없는 것 같다. 그런 것을 말하지 않는 이유에 어떤 민감한 부분이 있는 건지 알 수 없지만, 뭔가 이면에 '비인간적인 상술'이 있을 수도 있다는 생각이 든다.

 벤조디아제핀 계열의 약을 만드는 '세계적으로 유명한 어떤 제약회사'는 이 계통 약만으로 연 1조 원을 번다는 둥 사실인지 아닌 지 영 언짢고 수상한 '설'은 있는데 그런 사항과 복잡한 관련이 있는 건지는 알 수 없다.

벤조디아제핀

벤조디아제핀은 일반적으로 장기간 사용 혹은 약물 혼용시 매우 심각한 부작용이 있으며, 짧은 기간에 효과가 나타나지만 인지 장애와 공격반응이라든가 행동이 억제되지 않는 모순 반응이 때때로 일어난다.

벤조디아제핀은 중독이 발생할 수 있어, 벤조디아제핀의 장기 복용, 혼용, 급작스러운 중단은 정신과 신체적으로 극심한 악영향을 미치며, 이를 가리켜 벤조디아제핀 금단 현상이라고 부른다. **벤조디아제핀의 투여 중단은 일반적으로 신체와 정신건강을 향상시키는데 도움이 된다.** 또한 나이가 들수록 벤조디아제핀의 부작용에 대한 위험도가 증가하게 된다.

<출처 / 위키백과>

나와 같은 평범한 일반인이 기업의 수익 가치관까지 흑이다 백이다 말하는 것도 사실은 껄끄럽다. 정신건강의학과 의사에게 정신과 약을 먹은 후 갑자기 단약해보고 금단증상을 직접 겪어 보라고 할 수도 없고 말이다.

오히려 정신건강의학과 의사는 정신과 약은 먹지 않을 것 같다. 무시무시함을 잘 알 텐데 굳이 먹겠는가.

정신과 약의 부작용과 단약, 감약, 금단증상에 대해 잘 알려주는 의사가 출연한다면 정말 존경하는 마음으로 볼 것 같은데…….

***

멀티를
못 하다니!

난 원래 멀티다. 한 번에 몇 가지 일을 펼쳐놓고도 실수 없이 해내는 최상위 멀티였다. 그런데 지금은 멀티를 못 한다. 한 번에 한 가지 일도 신속하게 하는 게 힘들다.

한 가지 일을 하고 나면 너무 피로해서 기진맥진이다. 계획했던 일을 하나씩 지워나가면서 일을 척척 해내던 사람이었는데 순식간에 바보가 된 것 같아 속상했다.

일이 안 되면 남에게 책임을 묻기보다 자신에게서 문제를 찾고 자신에게 엄격한 성향이어서 더욱 그랬다.

30분 이상 뭘 하면 힘들고, 속독으로 책을 읽고 뭐든지 메모하는 등 평소 너무 잘했던 것을 하지 못하고, 계획을 세우지만 실천하기가 너무 힘들었다. 예전에는 컴퓨터 앞에 앉아 8시간이든 10시간이든 이 꽉 깨물고 집중해서 작업을 했는데 지금은 집중은 커녕 컴퓨터 자체를 켜지 못하는 날이 많다.

**

지나친 약 처방에
병이 든다

　오랜 친구 3명이 미국에서 생활한다. 아주 오래 살고 있는데 미국의 경우 '초기 감기' 진료를 하러 병원에 가면 의사는 약 처방을 안 해준다고 한다. 의사뿐 아니라 그 나라 국민도 감기에 걸리면 '그냥 잘 먹고 잘 자고 푹 쉬면 낫는다.'라고 생각한다는 것이다.

　물론 심각한 상태의 감기도 있으니 그 경우에는 그곳 처방도 다르겠지만 한국에서는 무조건 병원에 가고 처방받는 그런 증세 기준의 차이가 있다는 것이다.

　친구들도 한국인인지라 '한국 병원 진료 문화'에 익숙해서 처음 갔을 때는 적잖이 당황했다는데 이제는 가끔 한국에 와도 병원에 잘 안 간다. 왜냐하면 무섭단다.

　'초기 감기'와 같은 질환에도 6개, 7개 이상의 알약을 처방하고 어떨 때는 주사까지 놓아 주는 지나친 처방이 말이다. 그것도 같은 성분의 알약이 중복되기도 하고 '이건 왜 처방해 줬지?'라는 의문이 드는 약도 있어 마치 '약 실험군'이 된 것 같다는데 슬프게도 우리는 그것을 너무 당연하게 여기고 사는 것 같다.

그래서 외국인의 체력이 좋은 것일까 하는 생각까지 미친다. 원래의 식생활과 체격 조건이 다르지만, 체력이 더욱 약한 한국인이 워낙 약도 많이 먹고 건강기능식품 등에도 의존을 하니 몸이 약해지는 건 아닐까? 하는 내 생각이다.

감기가 만병의 근원이라는 말도 있고 악화하기 전에 잘 치료해야 하는 건 맞다. 그러나 약을 굳이 먹지 않아도 되는 초기 감기에도 이렇듯 많은 약을 처방하니 우리 몸이 치료되기는커녕 약으로 더욱 약해지지 않을까 하는 것이다.

***

어? 몸 상태가
좋은데?

 정신과 약을 감약하다가 어떤 날은 컨디션도 괜찮은 것 같고 운동도 다른 날과 비교할 때 많이 한 것 같아 기분 좋은 피로함이 몰려온다.

"어? 오늘은 수면제 안 먹어도 잘 것 같은데?"

 하면서 갑자기 단약하면 안 된다. 원래 단약 일정대로 감약을 꼭 지켜야 한다. 뇌가 금방 알아챈다. 잠깐 좋은 상태라고 느껴지는 것에 나도 속아 단약 일정을 무너뜨리면 안 된다.
 정신과 약은 매일 먹다가 깜박 잊어서 한 번 안 먹어도 되는 약이 아니다. 먹다가 갑자기 안 먹으면 부작용이 닥치므로 환우들은 그 불편함과 공포에 정신과 약을 끊고 싶은 것이다.

병원의 병실을
변화하면 좋겠다

병원 맨 위층 병실을 오전과 낮에는 지붕을 열 수 있도록 설계하면 어떨까 하는 상상을 늘 한다. 유리와 일반 지붕 두 겹으로 해서 말이다. 열리고 닫히게끔.

환우가 잘 걷지는 못해도 매일 규칙적으로 햇볕을 쏘일 수 있도록 하면 치료에 큰 도움이 될 것 같다. 물론 그런 시스템을 만들려고 하면 비용이 많이 들겠지만, 오히려 장기적으로 볼 때 좋지 않을까?

환우와 보호자도 좋고 국가도 좋고.

포털사이트의 카페를
잘 활용하면 좋겠다

인터넷 포털 사이트에는 공황장애 카페, 유방암 카페, 위암 카페, 신장암 카페 등 해당 질환 관련 카페가 많다. 이곳에 가입해서 정보를 잘 얻었으면 한다.

'아픈 얘기를 계속 보게 되어서 더 불안하지는 않을까?'
'정보가 틀리지 않을까?'

많은 염려가 있겠지만, 나와 같은 고통을 받는 사람들의 얘기에 힘을 얻고 정보를 얻으면서 위로가 된다. 가족도 이해하지 못할 수 있는 내 고통을 '같은 아픔을 겪고 있는 측은지심'으로 가득한 사람들과 나눌 수 있다.

홀로 공포에 떨고 불안해하면서 힘들어하지 말고 해당 카페에서 긍정적인 도움을 얻었으면 한다. 그러나 한 가지 꼭 생각할 게 있다.

온라인 카페에서 도움이 되는 정보를 얻고 용기를 내는 건 좋지만 그 이야기 속에 너무 빠져들어서 우울하지 않았으면 한다, 증상이 좀 호전되는 환우도 있지만 두려움에 가득 차서 올리는 글도 분명히 있다.

그런 것에 너무 민감하지 않고 "아! 이것도 하나의 중요한 정보구나. 난 이렇게 하면 되겠구나.'라고 평정심을 갖도록 노력하면 된다. 정보를 모르는 것보다는 아는 게 낫다.

***

도대체
언제 안 아파져요?

어떤 암이나 마찬가지겠지만 유방암 환우는 치료 과정에서 많은 어려움을 겪는다.

암 판정의 충격, 이후 진행되는 치료과정에서 겪는 어려움 그리고 약으로 인한 부작용과 그것으로 인해 정신건강의학과 치료를 받으면서 겪는 고통까지.

암의 재발과 전이를 막기 위한 목적으로 먹는 항호르몬 약이나 항호르몬 주사는 어이없게도 수많은 부작용을 가져온다. 거기에다 나와 같이 기저질환이 있는 환우는 삼중고인지 사중고인지 혼란스러울 정도로 생활 자체가 흔들린다.

예전 같으면 조금 스트레스를 받고 그냥 지나갈 일에도 스트레스를 받으면 일단 가슴이 뛰고 부정맥이 심해지면서 눈이 잘 안 보인다. 귀가 잘 안 들릴 때가 있다. 감정의 기복도 심해지니 "성격이 이상해진 게 아니냐?"라는 소리를 듣기도 한다.

그런데 냉정하게 말해 성격이 이상해진 게 아니다.

암 판정 이후 충격이 안정되지 않은 데다 항암치료, 방사선치료 등으로 힘들게 이어지는 치료와 매일 복용해야 하는 항호르몬제 약과 3개월에 한 번씩 맞아야 하는 항호르몬 주사의 후유증이자 부작용의 여파이다.

그리고 항암치료와 방사선치료를 받으면서 마구 떨어지는 백혈구 수치, 호중구 수치 등이 내 면역력을 바닥까지 내동댕이친다. 내 몸과 마음이 이 정도로 초토화되었는데 어떻게 예전처럼 똑같이 생활할 수 있겠는가? 매일 함께 생활하는 가족조차,

"암 수술이 끝났으니 이제 다 나은 것 아냐?"

라며 환우를 멀쩡한 사람으로 취급하고 예전처럼 대한다. 답답하고 속상해서 펄쩍 뛸 지경이다. 이렇듯 가족도 환우를 이해하지 못할 때가 많다. 내 경우만 봐도 그렇다.

가족 중 나를 가장 잘 도와주는 작은아이와 요즘 의견 충돌이 종종 있다. 아이가 의견 충돌 후에 하는 말이 있는데,

"엄마가 변했어."

대응하고 싶은 '가슴 아픈 말'이지만 티격태격할 체력도 마음의 힘도 없다. 변한 게 아니라 몸과 마음이 지친 것이다.

하루하루 살아내는 게 기적이라고 할 정도로 견디고 살자니 약간의 말싸움도 너무 힘들다. 내가 이렇게 아프고 힘들 때 가족이 좀 너그럽게 대했으면, 내가 20년을 그렇게 양보한 것처럼 단 몇 개월이라도 그냥 따라줬으면 할 때가 있다.

대부분의 아이는 밖에 나가서 뭔가 해야 할 때 조금만 몰라도 원래 엄마한테 계속 문자를 보내거나 전화한다. 본인은 엄마한테 그냥 당연하게 물어보는 거지만 아픈 상태에서는 모든 게 스트레스다.

아빠는 집에서나 나가서나 본인 일만 하면 되지만 엄마는 5분 대기조다. 특히 한국은 엄마가 해야 할 일이 너무 많다. 유방암 환우가 자주 하는 말이 있다.

"도대체 언제 안 아파져요?"

거짓말 안 보태고 아프지 않은 곳이 없다. 내 밥 한번 해 먹는 것조차 힘든데 가족 식사까지 차려야 하는 여성 환우들이 대부분이다. 병 자체로도 그런데 치료하기 위해 먹는 약들이나 주사가 몸과 마음을 더 상하게 하니 답답한 노릇이다.

도대체 언제부터 이런저런 통증 없이 지낼 수 있을지, 병에 걸리기 전처럼 잠자는 것에 두려움을 느끼지 않고 자연스럽고 편안하게 잠을 잘 잘 수 있을지, 언제 입맛이 돌아와 먹고 싶은 음식이 떠오를지, 세상의 색깔이 언제 환하게 걷힐지, 알 수 없다. 암, 기저 질환, 정신과 약으로 고충을 겪는 나는 오늘도 역시 스스로 위로한다.

"그래, 나는 괜찮아. 언제나처럼 나는 이겨낼 거야. 나는 건강해질 거야! 나니까!"

***

손꼽아 기다리던
정신건강의학과 진료

"선생님, 선생님 만날 날을 손꼽아 기다렸어요!" (환자 정 씨)

의사를 보자마자 눈이 겉눈썹까지 올라갈 정도로 커다래져서는 가방과 겉옷을 다른 의자에 놓으면서 내가 처음 한 말은 이 것이었다. 그 말은 진심이었다.

의사를 만나기 전 얼마나 엄청난 일의 연속이었나…….

정신건강의학과 협력진료는 생각지도 않고 있다가 오히려 진료 일을 애타게 기다리는 상황이 되지 않았던가 말이다.

인사를 하고 의사 앞에 딱 앉았는데 갑자기 눈물이 터져 나왔다. 손꼽아 기다렸다는 진심을 말했으나 막상 의사 얼굴을 보니 만감이 교차했다. 목이 갑자기 꽉 잠겨서 침만 꿀꺽꿀꺽하고 삼켰다.

정신건강의학과 의사는 내 모습을 보면서 눈꼬리가 처지며 얼굴이 발갛게 되었다. 그러더니 고개를 한 번 끄덕이면서 상체를 책상 쪽으로 조금 기울였는데 의사의 첫인상에 조금 안심이 되었다.

의사는 내가 눈물을 그치기를 잠시 기다렸다. 자존심 상하고 주책맞게 자꾸 눈물이 흘러서 얼른 손가락으로 눈물을 닦고 마음을 가다듬었다.

"어디가 가장 불편하세요?" (정신건강의학과 의사)

의사는 아주 친절하고 부드러운 목소리로 물었다.

나는 그간의 상황을 또박또박, 천천히 다 말했다. 내 노력으로 상태가 좀 좋아졌지만, 아직도 많이 힘들어서 실수할까 봐 빼지도 더하지도 않고 최대한 정확하게 말하려고 노력했다.

내 얘기를 다 듣고 의사는 그것에 대한 본인 의견을 말했고 항우울제와 항불안제를 먹고 치료해야 한다는 결론을 내렸다. 나는 꼭 먹어야 하냐고, 안 먹었으면 좋겠다고 말했지만, 금단증상과 급성 공황발작 당시의 부작용, 그리고 이후의 증상을 종합할 때 약을 잘 먹으면서 경과를 보는 게 좋다고 했다.

진단명은 '적응장애'였다.

***

적응
장애

 일상 변화나 일상사건에 적응하는 시기에 일어나는 주관적인 근심과 정서 장애 상태로써 사회적 기능, 임무 수행에 지장을 준다. 스트레스 요인은 개인의 사회적 조직망(사별, 이별의 경험)이나 더 큰 사회 지지 및 가치체계(이주, 망명자 신분) 등에 영향을 미칠 수 있으며 입학, 기원했던 목표의 실패, 은퇴, 부모가 되는 것 등의 주요 분기점이나 위기일 수 있다.

 개개인의 성향과 취향에 따라 적응장애의 발현 모습과 위험도가 달라지며 스트레스 요인 없이 이런 증상이 나타날 수도 있다. 증상은 다양하나 우울한 기분, 불안, 걱정(또는 혼합형), 일상생활의 수행 불능, 현재의 상황에 대처할 수 있는 능력 상실, 미래를 계획할 수 있는 능력 상실로 대표될 수 있다.

 성인에 있어 행위 장애가 연관될 수 있다. 우세한 표현 양상은 짧은, 또는 지속적 우울반응이며 정서나 행위 장애이다.

 (출처 / 지식백과)

의사는 '약은 위험한 때 증상을 완화시켜주는 것'이고 환우 본인의 생활습관 개선, 사고의 전환 등이 가장 중요하다고 했다.

그리고 암 치료 약의 부작용이 이렇게 큰데 유방 외과 의사와 진지하게 면담을 하면 좋겠다는 의견도 말했다.

"암 치료 약은 말 그대로 명확한 목적으로 먹는 건데 이렇게 부작용이 크다면 심각하게 생각해야 할 문제입니다. 우리 ○○○ 환우분 뿐 아니라 암 치료 약 부작용으로 오시는 분이 정말 많아요. 어떤 분은 너무 심각한 상황이 되어 자살 충동까지 느끼는 분도 계셨습니다. 약이 잘 맞아 치료 효과가 크다면 너무 좋겠지만 그렇지 않을 때에는 담당 의사와 꼭 면담하셔서 방법을 찾으셔야 합니다." (정신건강의학과 의사)

정신과 약 부작용과 금단증상 중 자살 충동이 생기는 환우가 있다는 말은 꽤 많이 들었다. 베란다 문을 열고 밖을 보면 내가 날아갈 것 같은 느낌이 들다가 그 순간이 지나면 두려워지는.

나는 그런 증상까지는 없었지만, 자살한 사람들 속내를 살펴보면 그럴 생각이 전혀 없었는데 정신과 약의 부작용과 금단증상으로 소중한 생명을 버리게 된 경우도 분명히 있을 것이다.

여기서 다시 말하지만 단약과 감약을 임의대로 단번에 하면 절대 안 된다!

그리고 정신건강의학과 의사는 진료 끝에 이런 말을 했다.

"암 환우는 다 힘든 것 같아요. 암 기수에 상관없이 느끼는 여러 고통은 같은 것 같습니다." (정신건강의학과 의사)

수면제를 소화제 처방하듯 해준 의사는 진료 시 본인의 말이 (치료에 도움이 되는 얘기도 있었지만 대부분 본인 얘기) 80% 고 환우는 20% 밖에 말을 할 수가 없었는데, 정신건강의학과 의사는 환우의 말을 80% 들어주고 본인의 말은 20%만 했다. 그 20%도 본인 얘기가 아니라 환우 치료에 관한 얘기였다. 의사와 앞으로 잘 면담하면서 하나씩 해결해야 하겠다는 의지가 생겼다. 첫인상에서 느낀 것처럼 좋은 의사이기를 바라면서. 아니, 좋은 의사가 아니어도 나는 질문할 건 다 할 것이고 안전한 투병을 위해 계속 노력할 것이다.

***

감사

오늘부터 간신히 일을 시작했다.

대단한 일도 아니고 예전에 식은 죽 먹듯 쉽게 했던 일들이다.

인터넷뱅킹으로 공과금 납부를 하고 계좌이체를 하고, 오늘 할 일을 메모해 놓은 것 중 전화할 곳, 검색할 곳, 문서 확인할 것, 아이들 일, 집안일 등을 골라 가장 급한 일 순서로 생각해서 하는 것이다.

예전 같으면 최고의 집중력으로 착착했을 많은 일 중 가장 기본 중의 기본인데 오늘에서야 조금씩 하게 되었다.

물론 아직 뇌에 안개가 낀 듯 답답하고 눈도 침침하고 집중도 잘 안 되지만 그래도 이렇게 기본적 일이라도 시작한 게 얼마나 감사한지 모른다.

수면제(정신과 약 모두 포함) 부작용과 금단증상이 사람을 이렇게 병들게 한다. 정신과 약 모두 위험하지만, 수면제는 특히 조심, 또 조심해야 한다.

***

당뇨
저혈당

처방해 준 항우울제와 항불안제를 밤 10시 30분에 먹었고 잠은 약 새벽 1시쯤 든 것 같다. 머리가 아프고 특히 오른쪽 눈이 뿌옇고 잘 안 보이는 증상은 아주 조금 나아진 것 같으나 여전히 불편하다.

내가 먹는 항불안제는 리보**인데 벤조디아제핀 약물로(벤조디아제핀 : 불안증을 치료하기 위해 흔히 사용되는 약물) 진정 작용과 근육 이완 작용이 있는 화학 물질이다. 의존성이 매우 높은 만큼 부작용도 많다.

약을 먹은 지 약 2주에서 3주 정도 되었을 때, 마치 상기도 감염과 같은 증상이 왔는데, 목 속이 꽉 부은 듯 아파서 침 삼키기도 힘들었다. 목울대 쪽이라고 해야 하나? 턱 밑, 목구멍의 중앙을 손가락으로 누르면 굉장히 아팠는데 그 부분이 그렇게 아픈 건 처음이었다.

목덜미까지 죽 이어서 아팠고 정신건강의학과 의사가 처방해
줬던 진통제를 사흘간 먹고 나았다. 나는 원래 간 수치도 좀
있어서 진통제 한 알 먹기도 부담인데 진료 일에 그런 상황을
말했더니 간에 부담이 덜 가는 진통제를 처방해 줬는데 그것
을 먹고 일단 괜찮아졌다.

리보**의 부작용인 줄 모르고 있다가 나중에 찾아보니 이런
증상이 있다고 해서 다시 한번 놀랐다. 마치 독감이나 코로나
19의 양성 증상이라고 알려진 것과 같은 증상과 비슷했는데
3~4일을 정말 많이 아팠다.

그리고 공황발작이 심하게 왔던 때와 금단증상으로 동공이
확장되는 느낌이 들었던 때 아마도 당뇨 저혈당도 같이 오지
않았을까 추측한다. 당시에는 경황이 없어 혈당을 확인하지
못했지만, 저혈당과 비슷한 증상을 느꼈기 때문이다.

이래서 기저질환 있는 사람이 정신과 단약 후 금단증상이 있
을 때나 공황발작 때 위험하다.

***

나는 느리지만
빠릿빠릿한 사람이었다.

 글도 속독으로 순식간에 읽고 이해하고, 아무리 긴 글도 웬만해서는 막힘없이 술술 썼다. 나한테 깨알과도 같은 문서작성과 검토는 그렇게 힘든 일이 아니었고 책 한 권은 초집중하면 몇 시간에 다 읽었다.

 기억력은 아주 좋아 아이들도 인정할 정도였다.

 일정을 번호대로 매겨놓으면 급한 일과 뒤의 일을 순식간에 판단해서 일을 처리하는 멀티 형 인간이었다. 성격이나 행동이 급하지 않고 느린 편이었지만 정확하게, 필요에 따라 신속하게 했다.

 이랬던 내가 달라졌다. 바보가 된 것 같다는 생각까지 들었다.

 집중을 할 수 없고 기억력이 너무 나빠지고 행동은 더욱더 느려졌다. 아주 작은 스트레스에도 머리가 깨질 것처럼 아프고 가슴이 두근거리고 불안했다. 이런 내가 낯설고 속상했다.

잠을 잘 잘 수도, 정상적인 생활을 할 수도 없었다. 아이들과 어디든 늘 함께 다니며 소중한 추억을 쌓았는데 코로나 19 때문에도 그렇지만 증상 때문에 다닐 수가 없었다. 아이들과의 아까운 시간을 놓치는 게 속상했다.

몸이 약해도 자동차, 기차, 비행기는 물론 대중교통을 몇 번 갈아타든 먼 거리라도 두려움 없이 다녔는데 버스 한 번 타려고 해도 고민을 해야 했다.

좋은 일도 하고 싶고 해야 할 일도 너무 많은데 어떻게 이런 상황이 닥쳐 시간을 보내야 하는지 기가 막히고 화가 났다.

암 투병도 해야 하고 기저질환들 관리도 해야 한다. 그리고 아직 어린아이들은 엄마 손이 많이 필요한 데다 가족의 중요한 일도 내가 짊어진 게 많았다. 계속 일도 해야 하고 신경 쓸 일 천지였다.

그런데 단약을 하는 일정 중에 약을 잘 정리하려고 쪼그리고 앉아 약을 분할하고 있자면 울컥했다. '이 귀한 시간에 이런 일에 왜 시간을 쏟아야 하는지' 말이다. 그럴 때마다 "수면제 먹고 일단 자요~"라고 설렁설렁 말하며 수면제를 처방해 준 그 의사 얼굴이 떠올라 눈을 질끈 감았다.

환우가 정말 걱정되어 잠을 좀 자라는 '순수한 마음'에서 수면제를 처방한 건지 정신과 약 자체를 쉽게 생각하고 '그 여파'를 중요하게 생각하지 않아 처방한 건지 이제는 알고 싶지도 않다.

그 전쟁을 겪고 방사선 종양과 진료를 했다. 방사선 치료가 끝났으므로 안 가도 될 것 같은데 의사는 무슨 이유인지 다음 진료 일을 계속 잡았다. 치료가 잘 되었는지 가슴사진이나 폐 CT를 촬영하는 일정이면 모르겠지만 그것도 아니고 그냥 상담이었다.

나는 기분을 전혀 드러내지 않고 그간의 어려움을 말했더니 의사가 이런다.

"네? ○○○ 님 같은 경우는 처음인데요?"

허허허, 나와 비슷한 또래인 것 같으니 의사 생활을 오래 한 편이고, 상황을 보면 유방암 환우한테 수면제 처방을 곧잘 해 줄 텐데 처음이라니.

아마 나와 같은 어려움을 겪는 환우는 곧장 정신건강의학과 협력진료를 갔을 테고 나와 같이 진료일이 멀어서 고생한 환우는 의사한테 말을 안 했을 수도 있고 아예 진료를 취소했을 수도 있다.

내 경우도 그 의사가 벌인 일을 정신건강의학과에서 수습해 주는 격이지 않은가? 병원에서 암 환우 교육까지 맡고 있는 의사라 얼마나 많은 암 환우가 거쳐 갔을지…….

약을 분할할 때는 혹여 약이 잘 못 튀어 못 찾으면 가족이 위험할 수 있으니 더욱더 조심했다. 병원에서 약을 분할해주지만 그건 환우의 단약 일정에 맞춰 정확하게 해주는 것이 아니라 의사가 일률적으로 분할 처방하는 것이다.

환우는 본인의 몸 상태에 맞게 일정을 잘 조절해서 감약해야 하므로 병원에서 분할해주는 것보다 더 작게 분할해야 할 경우가 있다. 분할이 더 필요할 경우에 내가 직접 잘라도 되냐고 하니 그래도 된다는 의사의 확인을 받았다.

내가 시간을 들여 잘 정리한 약봉지를 보면 순간순간 울컥하지만, '그래, 조급하게 생각하지 말아야 안전하게 잘 끝내지!'라고 마음을 다잡고는 했다.

그렇게 뭐든지 다시 시작해야 했다.

천천히, 생각을 정리하면서.

마치 아이가 처음 숟가락질을 배우듯, 낯선 내가 놀랍지만 인정해야 했다. 가족한테 내 상황을 알린 건 잘했다는 생각이다. 평소 '아프고 힘들고' 그런 표현을 아예 하지 않는 탓에 처음에는 말하기가 힘들었다.

그러나 만약 하지 않았다면 지금 얼마나 더 힘들었을까 생각한다. 가족한테 꼭 말해야 한다. 그들이 이해하든지 하지 못하든지 그건 그들의 몫인 것 같다. 왜 말해야 하냐면 '자세하게 말해도' 가족은 금방 잊고 아프지 않은 사람 대하듯 하기 때문이다.

이렇듯 가장 가까운 가족도 내 상태를 수시로 잊고 멀쩡한 사람 대하듯 하며 갈등할 때가 많은데 말하지 않으면 상황은 더욱 힘들어진다. 꼭 말하자.

건강은 건강할 때부터
지켜야 한다는 게 진리

내가 왜 예전에 이런 좋은 생활 습관으로 실천하지 않았을까 하는 후회가 든다.

그러나 이미 지나간 일. 현재가 중요하다. 현재를 잘 채워가다 보면 좋은 미래도 올 것이라고 믿는다.

지금부터라도 실천하면 된다. 하면 정말 되니 용기를 가졌으면 좋겠다. 특히 나와 같이 프리랜서로 일하는 사람들은 더욱 비장해져야 한다.

불규칙한 생활을 할 가능성이 많아 건강한 생활습관을 실천하지 않으면 나도, 가족도 죽을 수 있다는 각오를 해야 한다. 그렇게 마음먹지 않으면 자꾸 포기하고 미루게 된다.

건강을 잃어야 건강의 소중함을 안다는 말도 있지만, 이제는 그 말도 바뀌었으면 한다. "건강할 때 건강을 철저하게 지키자!"로.

대한민국 국민 모두 건강하고 행복했으면 좋겠다.

***

보이지
않았던 눈

아, 오늘부터 오른쪽 눈이 좀 보였다.

항호르몬제 부작용으로 원래부터 침침했던 눈이 수면제 단약 후 금단증상 때 충격이 컸는지 시력이 급격하게 나빠졌다. 특히 오른쪽 눈이 심각했다.

내가 안경을 쓰기 시작한 때부터 수십 년간 왼쪽 눈의 시력이 더 나빴는데 평생 처음으로 오른쪽 눈의 시력이 나빠진 것이다.

뿌옇고 침침하고 잘 보이지 않았다. 당시 안과에서 검사했는데 큰 이상은 없었다. 그러나 이상하게도 시력이 단기간에 너무 나빠졌고 그래서 안경 렌즈의 시력을 2단계 올렸는데도 계속 그랬다.

사실은 몇 단계가 더 나빠졌지만, 시력을 한 번에 너무 올리면 무리가 오므로 2단계만 올린 것이다. 그런데 오늘부터 좀 보였다.

시원하지는 않지만 그래도 뿌연 느낌은 많이 없어졌다. 심각하게 잘 안 보인 지 28일 만에 조금 나아진 것이다. 밖에 나가서 하늘과 꽃, 풀, 공기를 보고 느낄 때 좀 선명하게 보이는 것에 울컥했다.

금단증상이 이렇게 무서운 것이다. 온갖 신체적, 정신적인 고통과 현실적인 건강 상실을 가져온다.

수면제
단약에 성공하다!

정신과 약은 아예 처음부터 먹지 말아야 한다. 물론 정신과적으로 약 치료가 있어야 하는 질환은 전문의와 상담하면서 꼭 치료 약을 처방받고 그 외의 필요한 치료를 해야 한다.

나는 치료가 필요해서 약을 먹어야 한다는 의사의 말에 "그래도 먹지 않겠다!"고 버텼지만 먹어야만 했다. 수면제 스틸**를 아직 감약하고 있는데 항우울제와 항불안제를 먹으라고 하니 정말 끔찍했다.

"수면제를 감약 중에 있어요. 그런데 이 2가지 약을 먹게 되면 수면제를 정말 안 먹고 싶은데 그때의 금단증상은 어떻게 하죠?" (환자 정 씨)

"항불안제가 완화 작용을 해 줄 겁니다." (정신건강의학과 의사)

의사의 말을 듣고 '그렇다면 한 번 해보자!'라는 마음이 들었다.

항우울제와 항불안제를 처음 먹은 날 수면제를 단약했는데 사실 정말 떨렸다. 산 채로 죽음의 문턱까지 다녀온 경험을 이미 했으므로 혹시나 또 그런 증상이 닥치면 어쩌지 하는 두려움이었다.

역시나 잠이 오지 않아 하루를 꼬박 새웠고 많이 피로하면서 불안감이 올라왔지만, 이때를 극복하지 못하면 수면제를 끊는 게 어려우리라 생각했다.

의사 말이 항불안제가 완화작용을 한다고 했으니 그걸 믿고 버텼다. 오히려 '그래, 잠이 이렇게 안 오는 걸 보니 스틸**와 같은 계통의 수면제는 아니구나!'라는 생각의 전환을 해서 스스로 안심시켰다.

정말 감사하게도 불면과 불안의 하루를 이겨냈고 수면제 단약을 했다. 쉽지 않았지만, 다행히도 수면제의 첫 단약 때처럼 심한 금단증상은 오지 않았다.

정신건강의학과 다음 진료 일에 수면제를 단약했다고 말하니 의사가 대단하다고 했다. 환우에게 다른 약이 완화작용을 해준다고 말해도 어쨌든 처음에 잠이 오질 않아 고통스러워 다시 수면제를 먹는 사람이 대부분이라고 했고 이런 상황에서 수면제를 단약한 환우는 거의 없다고 했다.

수면제의 갑작스러운 단약과 이어진 감약, 그리고 아주 조금 증량하며 감약을 차근차근 진행하다가 이렇게 완전 단약을 하게 되니 눈물이 났고 자신감이 생겼다.

항우울제와 항불안제는 짧게 먹을 생각인데, 하루빨리 단약하고 싶지만, 현재의 내 상태가 단약을 서둘러 시도하기에는 무리여서 욕심내지 않기로 했다. 최소량의 약을 먹으면서 지금 하는 것처럼 체력을 키우는 생활습관과 지압과 마사지, 마음 훈련하기를 실천하며 일정을 잡을 것이다.

때가 되었다고 판단될 때 의사에게 항우울제와 항불안제 중 어떤 약을 먼저 단약해야 하는지 물어볼 것이고 방법과 주의 사항을 들은 후 그동안의 내 직접적인 경험을 대입 시켜 최대한 안전하게 단약할 것이다.

꼭 기억할 것은 한 번에 한 가지 약만 단약 일정을 잡는 것인데 나도 2가지 약을 먹으므로 그렇게 할 것이다. 만약 다른 두 알을 복용하고 있다면 단약 일정에 있는 약을 내 몸과 마음의 상태에 맞춰 5분의 1, 8분의 1, 10분의 1, 이런 방법으로 분할하는 것을 목표로 하며 먹으면서 나머지 약은 그대로 먹는 것이다.

단번에 단약하거나 한 번에 막 반 알씩 감약하면 안 된다. 정말 위험하다. 감약한 약을 유지하는 기간도 며칠 이렇게 말고 최소 1주에서 2주 정도씩 잡는 게 그래도 안전한 것 같다.

그래야 금단증상이 심각하게 오는 걸 좀 막을 수 있다.

"아니, 그래서 언제 끊어요?"

라는 불안한 마음이 있겠지만 뇌를 최대한 속이면서 감약해
야 한다. 아주 천천히 말이다. 빨리 끊는 것보다 안전하게 끊는
게 최선이다.

중요한 게 있는데, 만약에 항우울제를 처방받아 복용해야 한
다면 항불안제나 다른 약도 처방받을 가능성이 크다. 이런 경
우 '세로토닌 증후군'에 노출된 중복 약물은 없는 지 의사에게
반드시 확인해야 한다.

다른 진료과의 약도 그렇지만 특히 정신과 약을 먹어야 한다
면 평소 같이 복용하면 안 되는 약이나 식품 등도 확인하는 게
안전하다.

암 치료
약의 얼굴

유방암의 재발, 전이율은 왜 높을까?

다른 암에 비해 생존율은 높다고 하지만 재발과 전이율은 월등하게 높다. 이유를 생각해봤다. 물론 기수가 높을수록 생존율은 낮아진다.

유방암 환우들이 다른 암 환우에 비교해 투병 중 관리를 안할까? 그건 아니다. 나만 봐도 고민을 많이 하고 관리에 신경을 많이 쓴다.

세 가지로 생각이 모였다.

-암에는 스트레스가 정말 좋지 않은데 유방암 환우는 유방암이라는 자체 그리고 유방 전 절제, 부분 절제 수술 등 그것만으로도 굉장한 스트레스를 받는다.

-치료 약의 부작용이 너무 크다. 잘 맞는 사람도 있지만 심각할 정도로 큰 사람도 많다. 암의 재발과 전이를 막는다는 목적의 작은 알약 한 개가 환우의 몸과 마음에 미치는 부작용이 정말 열거하기 어려울 정도다.

이런 고통과 스트레스가 정상적인 생활을 잘할 수 없게 만들어 암 투병을 힘들게 한다. 그래서 치료 약 먹는 것을 임의로 중단하는 사람도 있으면서 그 숨겨진 비율이 더 높아지는 건 아닐까 조심스레 생각한다.

-특히 치료 약이 정신과적 문제, 우울증, 불면증, 공황장애 등을 유발해 환우를 힘들게 하고 불가피하게 정신과 약을 먹게 되면서 초래되는 문제가 많다.

예를 들면 정신과 약을 먹다가 단약을 하고 감약을 하면서 겪는 금단증상이 공황발작으로 이어지고 공황장애 진단까지 받는 경우가 상당하므로 이런 각종 스트레스와 면역력 저하가 재발과 전이에도 영향을 끼치지 않을까도 생각한다.

이쯤 되면 많은 부작용을 가져오는 암 치료 약이 유방암 환우에게 과연 긍정적일까 하는 의문이다. 또 암세포를 죽인다는 명목 아래 하는, '그래서 정상 세포도 죽일 수밖에 없는' 항암 치료나 방사선치료가 정말 재발과 전이 비율을 극적으로 낮춰 줄까 부터가 그렇다.

그런 치료를 하는 동안 건강한 세포까지 죽으면서 면역력이 더욱 떨어져 폐렴이나 패혈증 등에 더욱 취약해지지 않겠냐는 생각까지도 해 본다. 의문이 많이 든다.

 또한 그 무지막지한 치료 약과 주사 등의 부작용을 꾹 참고 견뎌야 하는 암 환우의 삶의 질은 건강한가? 운이 좋아 완치가 되어 수년 후에 조금 건강해진다 해도 그때까지의 매일이 고통이 된다면 의미가 있을까 하는 것이다.

 의학자들이 정말 고민해야 할 문제이다.

***

젊은 유방암 환자가
증가하고 있다고 한다

　23세, 26세, 28세, 29세 등 20대의 젊은 유방암 환자의 투병 이야기를 들은 적도 있다. 30대는 더욱더 많다.

　인생에 대한 꿈과 희망을 설계하고 활기차게 생활할 연령대에 유방암에 걸린 여성들을 보면 마음이 아프다. 내가 현재 겪는 이 고통을 딸과 같은 소중한 아이들이 겪는다고 생각하니, 마치 내 고통처럼 공감이 된다.

　암 판정 이후에 정신없이 이어지는 치료 가운데 몸과 마음을 다스릴 수도, 용기를 내기도 힘들 것이다. 20대면 아직도 부모의 보살핌이 필요하다.

　인생에 있어 아직도 어려운 점이 많은데 치료 약 부작용으로 만약에 정신과 약까지 먹어야 한다면 얼마나 힘들겠는가?

　재발과 전이에 대한 공포를 안고 사는 것만으로도, 세상이 잿빛으로 변하는 기묘한 경험을 하는 것만으로도 힘들다.

내 가족이 될 수도 있다. 환우와 보호자가 정신을 바짝 차려 대비해야 한다.

태내에서부터 먹거리, 환경 등의 오염이 너무 심한 시대를 살아가는 우리 젊은 세대는 아무런 잘못도 없이 유방암 환경에 노출되어 있다.

아무리 깨끗한 음식을 먹으려고 해도 환경오염 없는 물건을 쓰려고 해도 도대체 그런 것이 없다. 그런데 체중이 증가해서 그렇다는 둥 환우의 잘못으로 그렇다는 둥 하며 젊은 유방암 환우를 질타하는 때도 있다.

유명한 의학 정보 프로그램에서는 '젊은 유방암 환우가 늘고 있다.'면서 '비만'에 대한 문제를 주로 강조했다. 그런데 비만하다고 유방암에 다 걸리는 게 아니다. 실제로 유방암 환우를 보면 저체중인 환우도 정말 많고 정상 체중, 과체중 환우가 다 함께 있다.

물론 생활습관이 별로 좋지 않고 체중 관리가 잘 안 되어 암에 노출되는 상황도 분명히 있겠지만, 이것으로 단순하게 판단할 문제는 아니다. 원인은 매우 복잡할 것이다.

가족력도 있고 이런 오염이 심한 시대를 가로질러 사는 젊은 세대가 어떻게 해야 '시대에 맞게' 암을 좀 더 잘 예방할 수 있는지, 만약 '마른하늘에 날벼락' 맞듯 암 환우가 되었으면 투병을 어떻게 해야 좀 더 건강하게 할 수 있을지 이런 것을 자세히 알려 주는 사람이 바로 의사이다.

미혼이라면 결혼 계획도, 또 다른 공부 계획도 있겠고 젊은 부부일 경우 자녀 계획도 있을 수 있으며, 나름대로 앞으로 많이 남은 인생에 대한 꿈과 계획이 있을 것이다.

그렇게 하고 싶은 게 많은 젊을 때에 유방암에 걸린 환우를 좀 더 섬세하게 안아줘야 한다. 나도 유방암 환우지만 젊은 환우를 보면 꼭 안아주고 싶다. 30대부터라도 유방암 국가검진을 받게 해줘야 한다.

학교 선생님이 학생에게 공부를 가르칠 때 해당 과목에 관한 공부를 자세히 가르치지, "이건 국어 교과서이고 국어에 관한 내용이 있어."라고 간단하게 말하면서 국어 교과서만 나눠 주지는 않는다.

의사라면 부작용이 적은 암 치료 약도 열심히 연구하고, 위험한 약 처방을 '알사탕' 주듯 그렇게 책임감 없이 하지도 말고, 암에 걸리거나 병에 걸리지 않아 봤으면 진지하게 고민하면서 환우의 마음을 위로해주는 겸허함이 있었으면 한다.

스트레스를 너무 받으면
몸 안의 모세혈관이 터진다고 한다

 모세혈관이란 동맥과 정맥 사이를 연결하며 주변 조직과 산소 영양분 물질 교환을 담당하는 혈관이며 세동맥과 세정맥 사이를 연결하는 가느다란 혈관이다.

 모세혈관이 터지는 이유는 다양한데 스트레스를 많이 받아도 터진다고 한다.

 유방암 환우에게 가장 큰 적은 스트레스라고 하는데 모세혈관에까지 영향을 준다니 놀랍다.

***

결국 치료
약을 중단했다

항호르몬제인 먹는 약과 주사약인 타목**과 졸라** 주사를 중단했다.

부작용이 너무 심해서이다. 그 대신 암의 재발과 전이에 대한 두려움은 좀 더 안고 살아야 하는 셈이다. 하지만 어쩌겠는가? 약이 이렇게도 맞지 않는 것을……

어떤 사람은 항호르몬제를 먹어도 부작용이 거의 없이 지내기도 하고 어떤 사람은 부작용이 있어도 실보다 득이 있어 견디고 지내기도 한다.

그런데 나는 '견딘다는 의미'의 한계를 벗어난 심각하고 많은 현실적인 부작용이 일상을 마구 흔들었다. 그리고 기저질환들이 악화하는 것이 확인되어 위험한 상황이 올 수도 있다고 판단되는 경우라 의사 진단 하에 중지했다.

의사는 바꿀 수 있는 약이 없다고 했다. 부작용이 더욱더 심하면 심했지 덜 하지는 않을 것이라고 하면서.

유방외과 의사의 말은, 사실 암의 재발과 전이를 막는다는 목적으로 먹는 약인데 나한테 부작용이 너무나 많은 데다 기존의 질환들을 위협하여 저혈당 쇼크나 심장이상이 오는 등의 위험이 발생하면 그야말로 죽고 사는 문제가 먼저 걸린 일이지 않느냐고 했다.

이후 바로 해당 혈액검사를 했고 심장부정맥에도 영향을 줘서 심장에 대한 검사도 했다.

이렇듯 항호르몬제 치료가 너무 힘든 경우에는 환우가 임의로 판단하지 말고 의사와 상담 하에 결정했으면 한다. 의사는 여러 방법을 고민할 것이고 그다음에 어떻게든 결론이 나야 환우가 모든 면에서 조금이라도 안심이 된다.

호르몬 양성 암 환우한테 타목**은 필수라고 하니 모두 잘 맞았으면 좋겠다. 안 먹는 환우보다 끝까지 먹는 환우가 많으니 좋은 결과가 있었으면 한다.

그리고 나와 같이 치료 약을 중단할 수밖에 없고 맞는 약이 없는 환우도 있을 것이다. 역시 용기 냈으면 한다. 그런 환우는 힘든 걸 못 참아서 치료 약을 못 먹는 게 아니다. 기저질환 및 그외 건강이 모두 위험할 정도로 부작용이 크니 못 먹는 것이다.

나와 같이 모든 것이 맞지 않은 환우도 먹을 수 있는 다른 치료 약도 생겼으면 하는 소망이다. 솔직히 재발, 전이에 대한 두려움을 안고 사느니 치료 약을 먹는 게 낫지 안 먹는 게 낫겠는가? 이런 상황의 환우는 생활습관을 건강하게 실천하면서 몸과 마음을 관리하면 불안함에서 좀 더 벗어날 수 있을 것이다. 응원한다.

그런데 말이다.
나를 모조리 뒤흔들어 놓은 타목**을 끊었으니 몸이 바로 괜찮아질 줄 알았다.
그런데 그렇지 않았다. 유방외과 의사가 말하기를 멈췄던 월경이 다시 시작되려면 수개월이 걸릴 수도 있다고 했다. 약을 중지했지만, 아예 멈추는 경우도 있는지 문의할 생각이다.
내 몸의 호르몬을 완전하게 바꿔놓아 폐경 상태로 만들어 갔던 이 작은 알약 한 개가 이제 안 들어가니 내 몸은 먹기 전 상태로 돌아오기 위해 얼마나 또 시간이 걸리고 적응하느라 힘들까?
이렇듯 약의 영향은 정말 엄청나다.

***

피로하고
또 피로하다

 유방암에 걸리면 수술, 항암 치료, 방사선 치료, 치료 약 매일 복용, 주사 치료 등 일정이 빼곡하다. 이런 치료만 해도 짧게는 6개월 길게는 2년 가까이 걸리기도 한다.

 치료과정마다 빠짐없이 어려움이 따르는데 항암 치료할 때 발톱이 곪아 빠지는 등 고통은 다양하다. 가족들조차 환우가 수술하면 다 나은 줄 알지만, 수술 후 최소 1년은 지나야 원래 체력의 30~40% 정도가 돌아온다.

 그것도 관리를 정말 잘했을 때 얘기다.

 5년이 지나도 원래 체력으로는 돌아오기 힘들다. 관리를 잘하면 건강해지기는 하겠지만 냉정하게 말해 예전 체력은 아니다. 그게 암 환우다. 거기에다가 생각지도 않았던 정신과 약을 먹는 상황도 생기면서 더욱 힘들어진다.

 기적적으로 체력이 정말 좋아져 일상생활이 활기차고 좋아진다고 해도 마음속에 언제나 재발과 전이에 대한 두려움이 있으니 100% 원상 복귀했다고는 할 수 없는 것이다.

"안 돼, 무리하지 말아야지."

"재발하고 전이가 되면 어쩌지?"

"갑자기 상황이 나빠지면 어쩌지?"

평소에는 생각지도 않았던 문제들에서의 대응이 암에 걸린 이상 많은 변화가 생겼는데 그것을 해결하고 극복할 사람은 바로 암 환우 본인이다. 그래서 늘 체력을 키우고 마음을 긍정적으로 가지는 게 중요하다.

이전 체력과 비교할 때 특히 '피로도 면'에서 가장 차이를 느끼는데 식자재를 다듬어 식사 준비를 하느라 주방에 1시간 정도만 서 있어도 이후 2시간은 끙끙대며 누울 정도로 피로하다. 간단한 업무 30분 만 해도 피로해서 1시간을 쉬어야 하고 정교한 컴퓨터 작업 1시간을 간신히 하고 그 이후 아무것도 못할 정도로 지친다. 예전에 쉽게 하던 일이 힘들어지면서 암 환우는 마음의 상처를 받는다.

그러나 끝까지 포기하지 말아야 할 것은, 유방암에 걸리기 이전의 상태로 완전하게는 아니지만, 비슷해질 수 있을 것이다. 바로 금단증상을, 공황장애를 극복하기 위해 노력하는 것처럼 생활습관을 규칙적으로 바꾸고 잘 먹고 마음을 단단하게 하는 연습을 꾸준하게 하면서 지낼 수 있다면 말이다. 그렇게 하면 나와의 싸움에서 이길 수 있다.

***

편의점에서
캔커피를 사는데 울컥했다

나는 별명이 '커피 킬러'였다. 군것질을 전혀 안 하고 좋아하는 건 오직 커피였다.

한창때는 커피를 하루에 보통 7~8잔을 마셨고, 카페에 가면 늘 커피만 마셨지 다른 음료는 주문할 생각조차 하지 않았다.

임신 기간에는 커피 마시기가 부담스러운데 너무 먹고 싶으니까 커피 껌, 커피 사탕, 커피 맛 아이스크림 이런 걸 가끔 먹으면서 '커피에 대한 그리움'을 달랬다.

그런데 유방암 수술을 하니 이상하게도 입맛이 써졌고 항호르몬제를 복용하니 더욱 그랬다. 이어진 방사선치료를 할 때는 정말 입맛이 완전하게 없어져서 커피를 마셔도 예전과 같은 맛을 못 느꼈고 몸이 부대꼈다.

그러다가 방사선치료가 끝날 즈음엔 오랜만에 커피를 마셨는데 이런 생각을 했다.

'이제 커피를 마실 수 있으니 몸도 좀 나아지는 건가 보다.'

　기뻤다. 그런데 소중한 의미의 커피를 정말 오랜만에 며칠 마시고 나서 예상하지도 못했던 수면제 금단 증상을 혹독하게 겪었다. 끔찍한 하루하루를 보내면서 커피는 다시 생각하지도 못했고 어쩌다 마시고 싶으면 혹시라도 몸에 지장이 있을까 봐 두려워서 손도 못 댔다.

　단약을 결심하고 매일 운동을 나갈 때도 편의점, 카페가 마치 다른 세상의 가게처럼 느껴졌다. 나와 같이 군것질은 전혀 하지 않는데 기호식품이 커피인 사람은 밥은 안 먹어도 커피로 한 끼 할 수 있을 정도로 커피를 좋아한다.

　이랬던 사람이 금단 증상이 악화하여 급성 공황발작을 겪으면서 커피를 무서워하게 되었으니 얼마나 답답한가.

　그런데 생활의 모든 것을 건강하게 바꿔 꾸준하게 실천하던 어느 날, 무엇에 이끌리듯 편의점에 들어갔다. 그리고 카페인 함량이 적은(65mg) 따뜻한 캔 커피를 샀다. 먹을 수 있을 것 같았다. 규칙적인 생활습관을 실천하니 자신감이 생기는 것 같았다.

　예전에 아무 거리낌 없이 사서 먹던 그 작은 캔 커피 한 개를 받아든 순간 만감이 교차했다. 이렇게 작은 것 하나가 정말 소중했구나……

캔 커피를 건네받고 눈물을 글썽이는 나를 보면서 편의점 직원은 잠시 당황한 듯했다. 걱정하면서 아주 조심스러운 목소리로 말했다.

"저, 손… 님… 혹시 제품이 아주 뜨거운가요?" (편의점 직원)
"아! 아니요! 너무 좋아서요!" (환자 정 씨)
"네???" (편의점 직원)

어이없는 듯 쳐다보는 직원을 뒤로하고 편의점을 나오는데 발걸음에 힘이 들어갔다. 너무 비장하게 사느라 요즘 잠깐 지쳤었는데 이 작은 뭉클함 하나로 예전 세상의 색깔을 찾기 위해 계속 노력해야 하겠다는 각오를 다시금 했다.

물론 이제는 커피를 매일 마시지도 않을뿐더러 이틀이나 사흘에 한 번 정도 먹는다고 해도 연한 보리차 수준으로 타서 먹는다. 원두커피는 카페인 함량이 많아서 카페에서는 이제 커피를 거의 주문하지도 않는다.

카페에서 커피를 꼭 먹고 싶으면 '디 카페인'으로 주문한 후 다시 확인한다.

아주 오래전에 진료를 봤던 심장내과 의사가 말하길 심장 부정맥이 생기는 많은 원인 중 이 두 가지도 매우 중요한 원인이라고 했다.

"한국은요, 남성은 흡연, 여성은 커피 때문에도 부정맥이 많이 생깁니다. 특히 카페에서 마시는 그 커피요."

성인의 하루 권장 카페인 량은 400mg인데 카페의 커피 한 잔에는 100~200mg의 카페인이 있다고 한다. 사실 100mg보다는 200mg에 가까운 커피 종류가 많을 것이다. 그런 카페 커피를 하루에 몇 잔 마시는 사람도 많다.

한국인이 즐겨 마시는 믹스커피와 캔 커피의 카페인 함량은 65~75mg 정도로 카페인 함량이 낮지만, 믹스커피는 몸의 중성지방을 높일 수 있다고 했다. 그 안의 성분 때문에 그렇다.

내 기저질환 중 하나인 심장부정맥이 커피 때문에 생긴 건 아니지만, 지나친 섭취량이 몸에 좋은 영향을 끼치지는 않았을 것이다. 다행히 아이들은 애초에 커피에 입을 대지 않겠다고 했는데 정말 아직 먹지 않는다.

요즘에는 중학생도 커피를 마시고 아주 어린 아이한테도 커피 우유를 주는 엄마를 본 적도 있다. 나는 나만 많이 마셨지 아이들이 좀 컸어도 커피 우유는 물론 커피 자체를 마시지 않게 했는데, 솔직히 먹는 친구들이 있을 테니 중간에 좀 마셔볼까 했을 것이다.

하지만 내가 이렇게 병이 들어 고생하는 걸 보고 '커피 궁금증'에 대한 마음을 완전히 내린 것 같아 솔직히 다행이다. 혹여 나중에 먹더라도 커피 마시는 기간이 조금이라도 짧아질 테니까 말이다.

둘째가라면 서러워할 '엄청난 커피 킬러'가 이제는 커피와 안녕할 시간이 다가오고 있다. 이제는 커피를 연하게 타서 하루에 한 잔에서 두 잔 정도는 마셔도 괜찮지만, 조금씩 양을 줄이다가 완전하게 마시지 않을 생각이다.

하지만 첫사랑과 이별하는 것 같아 아쉽고 서운하다.

***

나 홀로
투병을 병원에도 알려라!

여성 환우들은 '셀프 투병'을 많이 한다.

가정의 남편이나 자녀가 질환에 걸리면 아내, 어머니가 병간호하며 모든 것을 돕는다. 하지만 여성은 '셀프 투병'이 많다. 이런 '기본에 어긋난 불합리함'으로 여성이 암에 걸리거나 힘든 질환에 걸리면 여성 스스로 많은 걸 하니 너무 힘들다.

이렇게 철저하게 '셀프 투병'을 할 수밖에 없는 상황일 때 옆에 의지할 수 있고 도움을 줄 수 있는 사람이 있으면 투병에 정말 큰 도움이 된다. 가족이 아니라도 의지처를 만들면 좋겠다. 가족보다 내 마음을 이해해주는 친구 한 사람이라도 있다면 정말 다행이다.

돈도 꼭 있어야 한다.

사람 일이 어떻게 될지 모르고 의지할 사람이 없는데 돈 없이 혼자 투병해야 한다면 얼마나 힘들겠는가? 가족들조차 특히 암 수술을 하고 나면 예전 정상적인 상태로 돌아왔다고 착각

한다. 계속 드는 병원비에 의문을 품는 경우도 있다.

나도 그 흔한 암보험이 없어서 고생하고 있다.

보험을 들어야 할 시기를 놓쳐 유병자 실손 보험만 있는데 암진단비를 잘 받았다는 환우 얘기를 들으면 너무 부럽다. 시대가 바뀌어 질병에 걸리는 연령대가 점점 낮아지고 있는 만큼 필요한 보험도 꼭 들고 국가검진 때는 놓치지 말고 받았으면 한다. 나도 국가검진 할 때 암을 발견했다.

혹독한 시기를 겪고는 겁이 나서 아이들 보험을 다시 고민해서 들었는데 마음이 든든하다. 잘 아는 좋은 보험설계사가 있어서 얼마나 다행이었는지 모른다.

"보험이 뭐 필요해! 돈 아깝게!"라면서 툭 하면 보험을 해지한다는 배우자를 보면 정말 답답하다. 내 상황을 겪으면서도 말이다. 국민 대부분이 재벌이 아니라 서민이다. 우리 아이들이 어렸을 때부터 '저렴한 금액으로 잘 설계된 보험'을 들어주는 게 부모가 할 일인 것 같다.

***

모든 것이
맞지 않는 환우가 있다

나는 암 수술을 하고 방사선치료, 먹는 약, 주사 등 많은 치료 과정을 거쳤고 현재도 그렇다. 그런데 그런 치료를 하면서 느낀 건 아무것도 맞지 않는다는 것이다.

수술 후유증도 컸고 특히 방사선 치료와 항호르몬제(먹는 약)는 부작용이 너무 컸다. 먹는 약과 주사를 중단해야 할 정도로 말이다. 기저질환까지 함께 흔들릴 정도로.

심지어 침도 이제 안 맞고 부작용이 생겼다. 허리가 너무 아파 침을 맞을 수밖에 없었는데 그것까지 맞지 않은 걸 느끼고 정말 생각이 복잡해졌다. 한의사는 허리 디스크 소견이 있다고 했다.

유방암 환우들이 추후 자궁 관련 수술과 허리 디스크 수술을 많이 받는데 암 치료 약 관련 부작용이다. 원래부터 아팠던 환우인 경우에도 많은 치료 과정을 거치고 치료 약을 먹으면서 더욱 악화하는 상황이 있다.

내 몸이 완전히 바뀐 것이다.

나는 아무리 아파도 내색하지 않고 참을성이 많은 편인데 더구나 항상 아픈 데가 많아 그냥 그러려니 하고 긍정적으로 생각할 때가 많았다. 그래서 잘 견딘다고 생각했다. 그런데 성향과는 별개로 몸은 상하고 있다는 것을 이번에 확실하게 알았다.

이렇게 모든 치료가 잘 맞지 않는 '나와 같은 사람'은 자연적으로 평범하게 잘 관리하는 게 최선인 것 같다. 재발과 전이에 대한 두려움을 내려놓을 수 있다는 전제하에 말이다.

유방암 투병 중 여러 가지 어려움에 부닥친다는 걸 미리 알고 있으면 덜 당황할 것이다. 무조건 잘 될 거라는 막연한 긍정보다, 어떤 어려움이 생기는지 잘 기억하고 현실적이고 담대한 마음으로 대처하면 좋을 것 같다.

***

음식을 잘 골라서
먹는 것도 어려운 일이다

유방암 환우는 먹으면 안 되는 음식이 꽤 많다. 특히 호르몬 양성 환우는 여성에게 좋은 음식은 반대로 먹지 않는 게 좋다고 한다.

암 생존자 통합 지지센터에 문의한 것이다. 이것보다 훨씬 많을 텐데 기억하기 쉽게 우리가 접하기 쉬운 음식을 적었다.

-유방암에 안 좋은 음식
술, 설탕, 소시지, 햄, 직화구이, 훈제, 땅콩, 튀김, 석류, 칡, 홍삼

술이 가장 안 좋다고 하는데 더불어 설탕과 고지방 음식 이 세 가지를 피하라고 한다. 보통 입맛이 없을 때 쑥떡을 먹는 여성들이 많은데 이 쑥도 별로 안 좋다고 한다.

다양한 질환을 앓는 환우도 주의해야 하는 음식이 다 다른데 예를 들면, 혈압약을 먹는 환우는 자몽이나 포도 주스가 안 좋다고 한다. 포도 주스가 과도하게 혈압을 낮출 수 있기 때문이라고.

자몽은 자몽 속 성분이 몸속 'CYP3A4'라는 약물 분해효소를 억제해 몸속 약물의 농도를 높이는데 특히 주스는 과일이 농축돼 있어 주의해야 한다는 것이다.

또 바나나는 몸속 나트륨을 배출해주는 칼륨이 풍부한 식품인데 혈압을 낮추는 데 도움을 주는 식품이라고 한다.

그러나 고혈압약에 들어 있는 이뇨제 성분은 칼륨이 몸 밖으로 빠져나가는 것을 막는데, 이때 칼륨이 든 바나나를 먹으면 몸속 칼륨 농도가 너무 높아질 수 있어서 고칼륨혈증 상태가 되면 심혈관질환 발병률이 높아져 위험하다고 한다.

치즈에는 '티라민'이라는 성분이 많이 들어 있어서 고혈압약 속의 '파르길린'이라는 성분이 작용하는 것을 방해해 약효를 떨어트릴 수 있다는데 티라민은 식초에 절인 장아찌, 익어서 갈변한 바나나 등 발효 식품에도 많다고 한다.

심장부정맥을 가진 내가 평소 주의해야 하는 음식과 대부분 겹친다.

당뇨는 말할 것도 없이 제한이 너무 많다.

이렇듯 뭐 하나 먹기도 어렵다. 기력을 차리려면 어떻게든 먹어야 하는데 기저질환이 있는 유방암 환우는 음식의 제약과 제한이 많다. 귀찮더라도 내가 먹는 약에 좋은 음식, 안 좋은 음식을 잘 메모해서 냉장고 문에 붙여 놓았으면 한다.

매일 하나하나 기억하기 어려우니 간단하게 정리해서 붙여 두면 한결 편하다.

***

사탕 먹다가
죽을 뻔 했다

금단증상과 급성 공황발작을 겪으면서 '산 채로 죽음의 문턱까지 다녀왔다.'고 말했었다. 책의 끝으로 가면서 정말 중요한 얘기를 할 것이다.

나는 당뇨가 있는데 잠을 못 자고 오래 깨어 있으면 저혈당이 종종 닥친다. 저녁 식사를 하고 이후 간식을 조금 먹어도 잠자는 시간이 늦어지면 혈당이 떨어질 수밖에 없다.

그날도 새벽 3시까지 잠이 오지 않아 침대 머리맡에 비상으로 둔 사탕 상자에서 사탕 3알을 꺼내 입에 넣었다. 항불안제 감약 기간이라 잠도 잘 안 오고 힘들던 참이었는데 지금까지 세 번을 그렇게 사탕을 먹었었다.

그런데 이전과 다른 점이 있다면 자세와 시간이었다.

이전에는 몸을 일으켜서 머리를 좀 높이 하고 누워 입안의 사탕이 다 녹으면 다시 정상적으로 누워 잠을 잤다. 어지러우니 다시 양치하는 건 생략하고 말이다. 하지만 이번에는 그냥 옆

으로 누워 사탕을 입에 넣었고 앉듯이 눕지 않았는데 그러다
가 그만 잠이 들었다.

꿈을 꿨다.

해외에 거주하는 언니와 형부가 나왔는데 나를 데리고 어떤
작은 방으로 가서 "여기서 얼마간 요양해. 언니하고 형부가 연
차를 냈어. 너 돌보려고."라고 했다. 그 방은 약간 반지하의 아
주 작은 방이었는데 큰 창문은 열려 있어 바깥은 잘 보였다.

그런데 나는 그 방이 너무 답답해서 "언니, 나 공황장애 증상
이 있을 것 같아. 여기가 너무 답답해. 그리고 아이들은 어떻게
해?"라고 말했다. 하지만 언니와 형부는 대답을 전혀 하지 않
고 자기들 말만 서로 하고 있었다.

바로 이때부터였다. 말을 아무리 해도 혀가 말리면서 말소리
가 '어거거' 하며 제대로 나오지 않고 숨이 턱턱 막히는 거였
다. 그러고 있는데 언니 친구 몇 명이 갑자기 방으로 우르르
들어오는 거였다.

작은 방에 열 명 가까운 사람이 모여 있는데 계속 자기들끼리만
얘기하고 나를 쳐다보지도 않았다. 혀가 말리는데도 뭔가 말하
다가 급기야 내가 울었는데 그냥 운 게 아니라, 뱃속에서 뭔가 억
하고 뱉듯이 "와앙!!"하고 울었다. 그러다 놀라 잠에서 깼다.

한기가 싸하고 느껴지면서 머리가 너무 아팠다. 심장이 유난
히 두근거리며 몸에 힘이 빠져 일어날 수가 없었다. 항불안제
를 감약 중이라서 '금단증상이 시작되었나?' 하는 생각이 들
었다.

간신히 몸을 일으켜 세수하러 목욕탕에 가는데 잠옷에서 뭔가 툭 떨어졌고 사탕 두 알이었다. 녹지 않는 사탕 한 알에 반쯤 녹은 사탕 한 알이 붙어 있었다.

'어? 사탕이 안 녹았네?" 하면서 별생각 없이 사탕을 주워 휴지통에 버렸다. 사탕을 휴지통에 버리고 돌아서는데 갑자기 등골이 오싹했다. 한기가 다시 들며 소름이 끼쳤다.

'아! 사탕이 목에 걸렸었구나!'

사탕이 녹지 않았는데 잠이 들었고 녹지 않은 사탕 2알이 목에 걸렸던 것이다. 사탕 2알이 동시에 넘어가면서 목에 걸려 사탕끼리 붙었는데 1알이 조금 녹았다는 건 목에 걸려 있는 시간 동안 녹았다는 것이다.

그러니까 짧은 시간 걸려 있던 게 아니라, 꿈에서 혀가 말리고 숨이 막힌 그 시간 만큼 걸려 있었다는 것이고 "와앙!!"하고 운 건 그 사탕을 내가 뱉었다는 것이다. 만약에, 만약에 말이다.

꿈에 언니와 형부가 나오지 않았다면, 꿈에서 내가 울음을 터뜨릴 만큼 서러운 상황이 아니었다면 어떻게 되었을까? 상상만 해도 끔찍하지 않은가?

생각하기도 싫지만 가족 중 한 명이 나를 발견했을 때 나는 이미 죽었을지 모른다. 자면서 사탕을 스스로 어떻게 뱉었는지 정말 신기하고 기적이다. 머리가 아프고 가슴이 두근거렸던 건 사탕이 목에 걸려 있는 동안 아마도 뇌에 산소가 부족했기 때문에 그랬을 것이다.

아침 식사를 하고 나서 책을 읽는 큰아이한테 사탕 이야기를 했다. 평소 공감을 잘 못 해 좀 냉정한 큰아이는 "어? 정말 큰일 날 뻔했네." 하더니 다시 책을 읽었다. 그런 아이의 태도에 나는 '뭐, 그렇지. 별로 안 놀랐나 보네. 난 엄청 놀랐는데.' 하며 거실로 가려는 순간,

"아니! 엄마! 정말 안 되겠네!" (큰아이)

큰아이가 갑자기 책을 탁 덮더니 나를 보면서 말했다. 얼굴까지 빨갛게 되어서 말이다. 나는 깜짝 놀라 돌아서며 아이를 봤는데 이러는 것이다.

"자다가 사탕을 먹으면 어떻게 해? 응? 엄마." (큰아이)
"자다가 어지러우면 일어나기 힘들어서 가끔 사탕 먹는데, 원래는 다 먹고 잠들었거든. 그런데 이번에는 안 그랬나 봐. 엄마도 정말 놀랐어." (환자 정 씨)
"화장품 냉장고를 놓아야 하겠네. 미니 냉장고. 엄마 침대 옆에." (큰아이)
"왜?" (환자 정 씨)
"거기에서 음료수를 꺼내 마시는 게 낫겠어. 그 냉장고 온도가 너무 차갑지두 않고 좋을 건데. 사탕은 절대 안 돼. 저혈당

일 때 마시는 음료수를 넣어 놓고 마시라고." (큰아이)

"에이, 뭘 그렇게까지 해?" (환자 정 씨)

"뭐가 그렇다는 거야. 엄마가 죽을 뻔했잖아!" (큰아이)

그러더니 큰아이가 휴대폰으로 뭐를 보는 거였다. 아무 말 하지 않고 휴대폰만 계속 보는 아이 옆에 덩그러니 있기 좀 뭐해서 내 할 일을 하러 거실로 갔다.

이틀 후에 현관 벨 소리가 울려 문을 여니 택배기사가 서 있었다. 요즘은 비 대면이라 택배를 현관 앞에 두고 가는데 그날은 기사가 나한테 직접 전달해 줬다.

열어보니 미니 냉장고였다.

큰아이가 그날 표정이 칙칙하게 굳어 휴대폰으로 주문한 냉장고인데, 본인이 아르바이트해서 번 돈으로 주문한 것이다.

당뇨 환우는 잠들기 바로 전이나 잠자다가 혈당이 떨어져 어지러워도 절대 사탕을 입에 넣지 말기를 바란다. 나처럼 큰일 날 뻔할 수 있다. 사탕은 완전하게 깨어 있을 때 먹자.

머리맡에 차라리 음료수를 한 개 두는 게 낫다. 아니면 더운 여름에는 작은 아이스 가방에 음료수를 넣어 침대 밑에 놓아도 괜찮을 것 같다.

큰아이가 선물한 미니 냉장고는 정말 잘 쓰고 있다. 얼마나 고맙고 기특한지…….

사실 굉장히 심각한 이야기라서 오히려 웃음기가 좀 있게 썼는데 정말 조심했으면 한다. 금단증상으로 죽을 뻔했는데 왕사탕 2알로 다시 한번 생사의 기로를 넘었으니 새로운 생명을 얻은 느낌이다. 하나님께 감사드린다.

 이 책을 읽는 모든 환우, 힘든 분들이 건강하고 소망 가득한 하루하루가 되길 기도하고 응원한다. 반드시 잘 될 것이다.

살아남기 위해서
비장하게 실천한 것

\#

가장 먼저, 가족에게 내 상태를 알린 후 밖으로 나가 걸었다!

당뇨 질환이 있기에 더욱 조심했다

고마운 사람을 만났다

금단증상을 겪고 바로 실천했다

잔인하고 무서운 영상물을 보지 않았다

몸을 따뜻하게 했다

나한테 맞는 방법을 이용해 치료했다_1

나한테 맞는 방법을 이용해 치료했다_2

나한테 맞는 방법을 이용해 치료했다_3

나한테 맞는 방법을 이용해 치료했다_4

단약계획을 조급하게 잡지 않았다

운동했다. 유방암 환자에게는 운동이 정말 중요하다

안과에 잘 갔으면 한다

일단 3주만 실천해보면 느낌이 온다. 걸어야 산다

식습관의 중요성을 깨달았다. 나눠서 억지로라도 먹었다

메모했다

찬양을 늘 틀어 놓았다

혈액순환에 신경 썼다

***

가장 먼저, 가족에게 내 상태를 알린 후
밖으로 나가 걸었다!

꼭 걸어야 한다!

방사선 치료를 할 때 무척 힘들었다. 수월하게 지나가는 환우도 있다고 했는데 내 경우는 그렇지 못했고 일상이 힘들 정도로 벅찼다.

나는 평소 전기장판이나 전기안대 등을 사용하지 못할 정도로 전자파에 취약했고, 컴퓨터 모니터와 휴대전화 액정화면에 블루라이터 필터를 하지 않으면 속이 울렁거리고 머리가 아픈데 "이런 사람이 방사선 치료에 좀 더 취약한 것 같다."고 방사선 종양과 의사가 얘기했다.

물론 이것은 정확한 연구 결과가 나와야만 하는 문제라고 덧붙이면서. 이건 나도 정말 궁금해서 뭔가 확실한 결과가 나왔으면 한다.

방사선 치료는 주말을 제외하고 병원에 매일 가야 하는 게 가장 고단했다. 대중교통 왕복을 4시간 하면서 만 보 이상을 걸었다. 말할 수 없이 피로했는데 돌아보니 그 5주 가까이 억지로라도 걸은 게 운동이 되었다. 솔직히 환우에게는 운동보다는 노동이었지만 말이다.

의사는 방사선 치료가 끝나면 치료할 때보다 아주 힘들 거라고 했고 1개월에서 3개월 사이에 방사 폐렴이 걸릴 수 있으며 그 이후로도 조심해야 한다고 했다. 그래서 약 6개월은 절대 조심하라고 했는데 난 기저질환이 있으니 더욱더 오래 조심하라고 했다.

그런데 이런 중요한 시기에 수면제로 인해 완전히 무너지고 다시 뭔가를 새로 계획하고 해결해야 한다니 너무 억울했다.

무지막지한 수면제 금단증상으로 인한 급성 공황발작을 겪은 뒤 내가 가장 먼저 한 일은 가족에게 내 상태를 알린 후 햇볕을 쐬며 걷는 거였다. 원래는 미련할 정도로 참을성이 많아 아무리 아프고 힘들어도 가족한테 얘기하지 않는데 이 증상은 반드시 얘기해야만 하는 낯선 증상이었다.

처음에는 현관문을 열고 나갈 기운이 없어서 가구들을 하나하나 붙잡고 나갔고 기어서 걷다시피 하며 10분을 걸은 뒤 너무 힘들어 그대로 화단 벽돌에 주저앉아 있었다. 절박한 마음으로 하루도 빠짐없이 실천했고 이제는 약 1시간 30분 정도를 걸으면서 중간중간 스트레칭과 이완 운동을 해준다.

병원 진료일을 제외하고는 정말 하루도 빠짐없이 걸었다. 병원 가는 날은 어차피 만 보 이상을 걸어야 하니까. 머리털 나고 이렇게 열심히, 매일 운동한 적은 처음이었다. 특히 처음 시작 일로부터 40일간은 특수부대 요원처럼 비장함으로 완전 무장하고 실천했다. 바로 이 기간에 체력이 매우 좋아지면서 마음도 강해져서 단약 일정을 진행하고 회복을 좀 할 수 있었다.

이후에는 이틀에 한 번 정도로 걸어도 효과가 있고 괜찮았다.

일이 너무 많아서 도저히 시간을 낼 수 없는 날, 일어날 수 없을 정도로 아픈 날을 제외하고는 아직도, 여전히 걷는다.

되도록 매일 햇볕을 쬐고 걸으려고 하는데, 약 1시간에서 1시간 30분 정도 걷고 중간에 두 번은 벤치에 앉아 운동한다. 스트레칭과 점진적 이완 운동이다. 그러다 정말 멍하니 생각을 비우고 바람 소리, 물소리, 새소리를 가만히 듣는다.

얼마나 감사하고 소중한 느낌인지…….

운동을 나가기 30분에서 1시간 전에 혈당 확인을 하고 간단하게 식사를 한 후 저혈당에 대비해 간식을 가방에 챙겨 나간다. 간식은 두유 1개 + 사과 4분의 1조각 + 소자 고구마 2분의 1개 정도고 사탕은 늘 가지고 다닌다.

햇볕을 쏘이면서 걸어야 하는 건 치료의 가장 최우선 실천이다. 이것부터 바로 실천하면 치료의 50%는 이미 성공한 것이나 다름없다.

당뇨 질환이
있기에 더욱 조심했다

나는 암 환우지만 기저질환이 있다.

심장부정맥, 당뇨, 고지혈증, 지방간이다. 그중에서 가장 신경 쓰이는 건 당뇨다. 생활습관을 바꾸면서 삼시 세끼 정확하게 식사를 하고 간식 3번(오전 10시, 오후 3시, 저녁 8시에서 9시)을 신경 써서 먹었다.

공복혈당, 산책이나 활동하기 전 혈당, 식전 혈당, 취침 전 혈당은 꼭 쟀다. 몸 상태가 좋아질 때까지는 솔직히 비상 상황이니 귀찮아도 해야만 했다.

당뇨 질환이 있어도 혈당 확인 보조기기가 비용이 꽤 있고 귀찮으니까 구매도 잘 안 하고 있어도 안 재게 된다. 그러나 당뇨 환우라면 단약하는 기간만큼은 더욱더 부지런히 확인하는 게 좋다.

단약 기간 중에 감약을 하면서 금단증상이 올 때 저혈당도 함께 오는 상황을 종종 경험했다. 사실 이런 게 아니라두 혈당 확인은 늘 하는 게 안전하다.

식후 30분쯤 운동과 활동을 하는 게 좋다.

상황상 정상적인 식사가 어렵다면 단백질과 탄수화물 간식을 든든히 먹어야 한다. 예를 들면,

-달걀 흰자 2개 + 삶은 고구마 소자 2개 + 과일 2분의 1조각 + 멸치볶음이나 김 조금(지방, 단백질, 탄수화물, 무기질, 비타민-->이 골고루 있게)

당뇨 환우는 운동 시에 혈당 말고 또 주의할 점이 있다.

발바닥이 두툼한 면양말을 신고 꼭 운동화를 신어 발을 보호해야 한다. 당뇨 환우는 발에 상처가 난 후 적절한 치료를 하지 않게 되면 발이 괴사하여 절단할 수도 있다. 발 관리는 필수다.

그리고 운동 전 혈당이 300mg/dL 이상인 경우와 망막병증으로 유리체 출혈 위험이 있거나 족부 병변으로 발에 문제가 있는 경우, 몸이 아플 때는 운동하면 안 된다고 한다.

특히 유방암 환우 중 항호르몬제인 타목**을 오래 복용할 경우 종종 심각한 안과 질환이 생기기도 하고 백내장 등에도 많이 취약하다고 한다. 그런데 수면제 금단증상이나 공황발작이 일어날 경우에도 브레인 포그와 시력 저하(침침하고 안 보이는, 복시 등)가 실제로 생긴다.

나 역시 안과에 가서 검진을 받고 안경 시력을 몇 단계 올릴 수밖에 없었다.

 이렇듯 기저 질환자 특히, 당뇨 환우는 더욱 적극적으로 점검해야 한다. 왜냐하면 당뇨 환우는, 당뇨망막증도 조심해야 하므로 그렇다. **당뇨 환자는 혈당 관리, 발 관리, 시력 관리를 철저하게 했으면 한다.**

 더구나 유방암 치료 약까지 먹는 경우는 두말할 필요가 없다.

***

고마운
사람을 만났다

절박한 마음으로 어떤 블로그에 댓글을 올렸다.

방사선 종양과 의사가 먼저 처방해준 수면제로 내 투병 사상 최악의 상황을 겪으면서 고생할 때, 생각지도 않았던 정신건강의학과 협력진료를 기다릴 수밖에 없었다.

진료일은 아직 오래 남았는데 단약과 감약에 의한 금단증상은 너무 심하고 도대체 어떻게 해야 하는지 판단이 서지 않아 괴로워하면서 포털사이트 블로그를 열심히 검색했다.

그런데 수많은 블로그 중에 어떤 블로그가 기적처럼 눈에 확 띄었고 바로 내용을 자세히 훑어봤다. 이때까지도 급격하게 나빠진 시력으로 눈이 잘 보이지 않고 브레인 포그로 뇌가 흔들려 집중이 되지 않던 기간이었다.

하지만 살아야 하겠다는 마음으로 글을 다 읽었다.

지금까지 봤던 다른 곳과 달랐다.

블로그 주인이 오랜 기간 정신과 약을 먹다가 단약과 감약을 하면서 경험한 모든 상황을 아주 자세하게 적었고 거기에는 '마치 내 일처럼 힘든 사람을 돕고자 하는 선한 마음'이 느껴졌다.

자신이 겪은 어려움을 극복한 것으로 그냥 끝내지 않고 비슷한 고통을 겪는 사람들을 적극적으로 돕고 싶어 하는 마음이 보였다. 그 마음이 느껴져 한참을 울컥했다.

거기에 내 답답한 상황을 말하고 답변을 기다렸다.

고맙게도 그분은 답변을 신속하게 올려 줬고 덕분에 나는 현실적인 판단을 하고 용기를 얻을 수 있었다. 절박한 마음을 본인이 너무 잘 알기에 빨리 답변을 올려준 것이라 믿고 있다.

물론 나는 그분을 만난 적도 없고 알지 못한다.

다만 같은 고통을 겪는, 극복한 환우 대 환우로 만나 한 번의 글로 인사하고 한 번의 글로 답변을 받았을 뿐이다. 그러나 어떤 의사와 상담한 것보다 도움을 받았다. 나는 수면제 단약과 감약을 하면서 무시무시한 증상을 겪고 바로 생활습관과 생각을 변화시키고 이미 실천하고 있었지만, 답변을 받은 후 단약과 감약을 어떻게 해야 할지에 대한 현실적 판단이 섰다. 의사도 하지 못한 일을 그분이 한 것이다.

금단증상을
겪고 바로 실천했다

뭔가 계획하고 정보 수집을 하고 계속 메모도 하며 배워야 하는데 눈이 보이지 않고 브레인 포그가 심하니 답답해 죽을 지경이었다.

브레인 포그는 뇌에 안개가 낀 것과 같은, 인지기능에 장애가 오는 증상으로 생각과 표현을 잘하지 못하는 상태를 말한다.

나는 지적 충족감이 잘 채워져야 사는 사람인데 상황이 이러니 불행하고 자존감이 낮아졌다. 책임감은 또 너무 강한데 어린 자녀들을 잘 돌볼 수 없으니, 또 예전처럼 일을 같이 할 수 없어 돈을 제대로 벌 수가 없으니 마음이 찢어질 것 같았고 불안했다.

그리고 남을 진심으로 돕고 싶은데, 내 코가 석 자라도 아픈 사람, 힘든 사람에 대한 공감이 커서 마음으로라도 기도해주

고 싶은데, 기도 한 마디조차 하기 힘들어 죄인이 된 것만 같
았다.

 그래서 정신을 차리고 가장 먼저 네 가지를 바로 실천하기로
했다.

 1. 매일 일정한 시간에 일찍 기상.
 2. 오전 시간에 무조건 밖으로 나가 햇볕을 쐬며 걷기.
 3. 하루 세끼 정해진 시간에 식사 잘하기, 간식 잘 챙겨 먹기
(당뇨가 있으니까).
 4. 자정 이전에 잠자기.

 일찍 일어나야 하니 자정 전에는 자는 것으로 계획을 세웠다.
새벽 일찍 아르바이트를 나가는 큰아이 때문에 새벽 4시 30
분에 한 번 깨고 작은아이 챙기는 것으로 7시 20분에는 다시
일어나야 했다.
 그래서 중간시간 자는 것 약 2시간을 제하고라도 이어서 최
소 5시간은 자야 했다. 내 시간만을 강요할 수 없고 가족의 생
활도 있으니 잠을 이렇게 자야만 했는데 오전 운동을 다녀와
서 약 30분 정도 잠을 잤다.
 이 짧은 잠이 보약이 된 적이 많다.

걷는 건 처음에 10분만 걸어도 기력이 없어 힘들었다. 그러나 이를 악물고 나갔는데 20분, 30분으로 조금씩 늘려서 걸었고 너무 힘들면 벤치에 앉아 햇볕을 가득 쐬었다. 그러다가 체력이 조금 생기면서 최소 1시간을 걸을 수 있게 되었다.

햇볕을 쐬는 건 좋지만 장시간 과도하게 쐬면 피부 아래층의 핏줄이 늘어질 수 있다고 하니 적당하게 쏘이면 좋겠다.

그리고 하루 세끼 밥과 세 번의 간식은 어떻게든 챙겨 먹으려고 정말 노력했다. 암 환우는 치료과정 중에 식욕도 없고 음식 맛을 잘 못 느끼는데 소화까지 되지 않아 식사하기가 힘들다.

아주 작은 양을 나눠서 자주 먹었는데 당뇨가 있어서 저혈당이 오면 위험하므로 살기 위해서, 치료하기 위해서 입에 쑤셔 넣었다는 표현이 맞겠다. 잘 먹어야 걸을 수 있다.

***

잔인하고 무서운
영상물을 보지 않았다.

유독 겁이 많아 원래도 그런 장르의 영상물을 보지 않지만, 완전에 가깝도록 차단했다. 증상이 심할 때는 불안한 마음도 더욱 커졌는데 월, 화, 수, 목, 금요일 평일 밤은 물론 토요일, 일요일까지 그런 장르만 늘 골라서 시청하는 남편 때문에 TV가 있는 거실은 공포의 공간이 되었다.

큰아이를 출산한 다음 날부터 집에 따로 가기 귀찮아서 병원에 와 있던 남편은 수술 산모를 옆에 두고 새벽 1시~2시까지 잔인한 영상물을 봤는데 개인적인 취향은 다 다르고 존중받아야 하겠지만 정말 싫었다.

금단증상으로 인한 많은 부작용 중 불안감이 큰데 이렇게 어려움이 있는 상태에서는 최대한 좋은 것, 편안한 것을 보고 들어야 치료가 긍정적이다. 싫은 영상물이 나오고 쿵쿵 울릴 정도로 TV 소리가 크게 나면 방문을 절반을 닫고 들어가 찬양을 크게 틀고 스트레칭을 하거나 작업을 했다.

문을 완전히 닫아도 답답하고, 이어폰을 꽂아도 예전과는 달리 답답해서 그냥 상황에 맞게 피했다.

장르물 전성시대 인지라 케이블 채널과 종합편성 채널은 물론 이제는 지상파 TV에서조차 잔인하고 폭력적인 장르물이 대부분인데, 사람은 시각적으로 받는 충격의 강도가 가장 큰 만큼 TV 드라마, 영상물이 좀 다양했으면 좋겠다.

***

몸을
따뜻하게 했다.

운동하러 나갈 때는 아랫배에 핫 팩을 붙였다.

나는 몸이 찬데 특히 아랫배가 얼음처럼 늘 차다. 그래서 저온 화상을 입지 않게 옷 2겹 위에 안전하게 붙였는데 아랫배가 차가운 상태로 걸을 때와는 몸이 달랐다. 이제는 날이 더워지니 곧 붙이지 못하겠지만 몸이 찬 환우는 참고했으면 좋겠다.

그리고 손바닥을 비벼 뜨겁게 한 후 무릎이나 발목, 아랫배 등에 자주 대고 문질러줬다. 안 신는 수면 양말에는 팥을 넣어 팥 주머니로 만들어서 눈 찜질, 배 찜질을 했는데 전자레인지에 팥 주머니를 넣고 30초만 돌리면 된다.

전기담요나 전기 찜질 안대 등을 못 쓰거나 전자파에 약한 사람들이 이렇게 핫 팩이나 팥 주머니를 쓰면 좋다. 데워서 쓰는 핫 팩도 있다.

이런 유형의 사람들이 방사선치료 때 많이 힘들어하는데 내가 그랬다.

나한테 맞는 방법을
이용해 치료했다_1

나는 체력과 마음을 단단하고 유연하게 만들기 위해 인지행동치료와 감정치료를 병행하고 있다.

오프라인과 온라인 정보를 총동원해 나한테 맞는 방법으로 실천하고 있다. 물론 각자 종교가 있다면 명상이든 기도든 필수다. 마음이 평안해져야 하니까.

공황장애 치료 중 인지행동치료가 있는데 '생각이 행동을 지배하므로 사고를 바꿔야 한다.'는 비약물적 치료법이다. 보통 좌뇌가 발달하여 논리적, 이성적 사고를 하는 사람이 이러한 치료를 하면 효과가 있다고 한다.

하지만 우뇌가 발달하고 감성적 사고를 하는 사람이라면 효과가 더딜 수도 있고 드라마틱한 효과를 보지 못할 수도 있다고 한다.

감성적 사고가 발달한 사람은 바로 '즉각적인 반응을 해줘야 치료 효과'가 있다고 하는데 이것은 일본의 저명한 심리상담

사이자 상담학 박사인 '야나가 히데아키'가 한 말이다. 즉, 사고방식을 교정하는 지난한 과정이 없이 '신체를 직접 자극함으로써 불안을 즉각적으로 억제한다는 것.'이다.

작가와 심리상담사로 활발한 활동을 하는 '야나가 히데아키'는 과거 정신과 남성 간호사였는데 본인이 직접 극심한 공황발작과 공황장애를 겪으면서 환자와 진정으로 공감하며 치료의 길로 들어섰다고 한다.

나는 이성적, 감성적 사고가 비슷한 비율로 있는 성향인지라 두 가지 방법을 취하면서 부가적 방법을 추가했다. 체질에 맞춰 한방치료를 하듯 각자 성향에 따라 알맞게 치료하면 좋을 것 같다.

쉽게 말하면, 인지 치료는 왜곡된 생각을 바로잡아 건강한 생각으로 강화하는 것이고 행동 치료는 나를 불안하게 하는 것에 직면하여 두려움을 없애는 훈련을 하는 것이다.

생활습관을 건강하게 바꿔 실천하자고 결심한 것과 생각을 전환해 불안에 대한 방어력을 높이는 훈련을 하자고 한 건 인지 치료고 그것을 직면하여 실천한 건 행동 치료라고 말할 수 있겠다.

그리고 즉각적인 반응을 해준 건 바로 지압법(마사지)과 나한테 하는 위로다.

책에서 말했다시피 나는 암 치료제의 많은 부작용 중 하나인 개선되지 않는 불면증(불안 포함)으로 의사가 먼저 처방해 준 수면제를 먹다가 갑자기 단약하며 극심한 부작용과 금단증상을 겪었다고 했다.

 그것을 최악의 몸 상태일 때 겪어 급성 공황발작으로 이어져 예기불안, 광장공포증을 겪었다. 이것이 약의 부작용으로 시작된 것인지라 현재는 공황장애 증상이 사라졌지만 여러 가지를 동시에 겪었으므로 이런 증상을 겪는 환우를 무조건 이해한다.

 감정을 인정하고 나를 위로하면서 '즉각적인 반응을 해 준 치료'는 '스스로 마사지와 스트레칭'을 해주는 것인데, 마사지는 공황장애를 다룬 책에서 정보를 얻었다.

 책에서 얻은 귀한 정보인 네 가지, 원래 내가 해 왔던 것 세 가지인데 이 외에도 여러 가지가 있지만 잊지 않고 실천하는 건 이 일곱 가지이다. 특히 1, 3, 5, 6, 7번은 매일 하고 2, 4번은 해당 증상이 있을 때 한다.

1. 빈맥(심장박동이 매우 빠른 것)을 안정시켜 주는 방법.
 (1) 두 눈을 감고 손가락 세 개로 눈꺼풀을 가볍게 누른다.
 (강하게 압박하지 않도록 주의한다. 콘텍트렌즈는 미리 제거한다)
 (2) 눈을 뜨고 눈동자를 좌우로 천천히 움직인다. 20회 정도 움직인다.

(3) 천천히 심호흡한다.

---> 안구 뒤쪽에 있는 삼차신경에 가해진 자극이 척수의 미주신경을 통해 심장 신경으로 전달되면 맥박이 느려진다.

2. 공황발작을 가라앉히는 혈 자리 (가슴 두근거림을 가라앉히는 방법)

(1) 내관 (손목 안쪽에서 손가락 세 개만큼 올라간 위치를 손가락으로 누른다. 5회 반복한다)

---> 가슴 두근거림, 긴장을 완화한다.

(2) 거궐 (명치에서 엄지손가락 마디 굵기만큼 아래 지점)을 양손의 엄지를 제외한 네 손가락으로 문지른다. 5회 반복한다.

---> 가슴 두근거림, 긴장, 불안을 완화한다.

(3) 백회 (검지와 중지를 겹쳐 정수리 중앙을 지그시 누른다)

---> 이름처럼 백 가지 효과를 볼 수 있는 만능 혈 자리다.

3. 자율신경을 정상화하는 귀 마사지 (몸과 마음의 균형을 회복)

(1) 신문 (엄지와 검지로 신문을 쥐고 꾹꾹 주무른다)

---> 자율신경에 신호가 전달되어 몸과 마음의 균형을 회복하고 불안에서 벗어날 수 있다.

(2) 귓불 (엄지와 검지로 귓불을 쥐고 꾹꾹 주무른다)

---> 귓불을 주무르면 뇌의 혈류량이 증가해 머리가 맑아지고 뇌 기능이 활발해진다.

4. 과호흡 발작을 가라앉히는 호흡법 (날숨에 집중)

(1) 온몸의 힘을 뺀다.

(2) 숨을 모두 내쉰다.

(3) 6초 동안 천천히 숨을 들이쉰다.

(4) 3초 동안 숨을 참았다가 온몸의 힘을 빼고 다시 3~6초 동안 천천히 내쉰다.

(5) 과호흡이 진정될 때까지 (1)~(4) 를 반복한다.

---> 발작이 일어났을 때는 무리하게 숨이 들이마시려 하지 말고 숨을 참아야 한다. 그러면 자연히 호흡이 돌아오게 된다. 몸의 힘을 빼고 가슴을 펴고 고개를 든 다음 잠시 숨을 참았다가 내쉬는데 집중하는 것이다.

(출처 / 불안하다고 불안해하지 말아요 / 야나가 히데아키 / ㈜예문아카이브)

5. 누워서 양쪽 엄지발가락 부분을 부딪치기 (머리끝부터 발끝까지의 혈액순환)

(1) 편하게 누워서 베개나 쿠션 같은 곳에 다리를 올려놓는다.

(2) 양쪽 엄지발가락끼리 부드럽게 친다. 내 경우는 한 번 할 때 100회를 한다.

(계속 치면 힘드니까 50번씩 나눠서 치고 좀 쉬었다가 또 50번 친다)

(3) 다 한 후 기지개를 죽 켠다. 기지개를 켤 때 쥐가 나지 않도록 주의한다.

---> 발끝 치기 운동은 하체로 몰린 피를 상체로 올려주면서 체온도 올려 줘 혈액순환을 잘 되게 해준다.

그뿐만 아니라 다리 근육을 탄탄하게 해주고 고관절도(넓적다리관절) 건강하게 지켜주는 등 하지의 기혈순환을 좋게 하는 운동이다. 휴식할 때, 생각날 때 자주 하면 좋다. 누워서 할 수 없을 때는 바닥이나 의자에 앉아서 할 때도 많다.

6. 까치발 20번 하기 (기립성 저혈압, 근 감소, 낙상 예방 등 많다)

(1) 서서 양쪽 다리를 어깨너비로 벌리고 선다.

(2) 손으로 의자나 잡을 수 있는 곳을 잡는다.

(3) 까치발을 하고 약 5초 멈춘다.

(4) 발바닥을 내리는데 발뒤꿈치가 바닥에 닿기 전 다시 까치발 한다.

(5) 이 동작을 20회 반복한다.

---> 종아리 근육은 발목을 지탱하는 데 매우 중요한 역할을 한다. 발꿈치 운동은 근육을 강화하면서 발목 안정성과 균형 감각에 효과가 있다. 또한 근 감소 예방과 낙상사고를 예방할 수 있고 기립성 저혈압 예방에도 효과가 있다.

앉았다가 일어날 때 핑 도는 증상이 기립성 저혈압이다. 나는 대중교통을 기다릴 때도 자주 한다. 붙잡을 곳이 없는 경우에는 넘어지지 않도록 주의한다.

7. 손가락 끝끼리 박수치기 (뇌의 노화를 막는다)

(1) 양쪽 손가락 끝으로 손끝 박수를 친다.

(2) 20번씩, 하루에 세 번 정도 하는데, 꾸준히 해야 좋다.

---> 뇌에 자극이 전해져 혈액이 정체되기 쉬운 말단 혈관의 흐름도 좋아지기 때문에 뇌가 활성화된다.

이런 마사지와 스트레칭을 수시로 해줘서 몸과 마음의 긴장을 풀어줬다.

집에서도 하지만 지하철을 기다리면서도 하고 지하철 내 좌석에 앉아서도 했다. 이상한 시선으로 보는 사람도 꽤 있지만 개의치 않았다.

그 사람은 평생 볼 사람도 아니고 내가 살아남기 위해서 하는 건데 누구 눈치 보고 예의 차릴 때가 아니지 않은가?

우리가 어렸을 때 배가 아프면 어머니께서 손바닥으로 배를 문질러주시면 아픈 배가 낫던 것처럼 내 손바닥과 손가락으로 신체 중요 혈 자리를 누르고 문질러주면 정말 좋다.

나는 예전부터 어디가 아프면 양쪽 손바닥을 비벼서 뜨겁게 한 뒤 손바닥으로 아픈 곳을 눌렀다가 문질러주곤 했는데 아파서 몇 개월간 힘을 주지 못하던 무릎 안쪽이 나은 경험도 있다.

나을 때가 되어 나은 건지 아니면 운이 좋아서 나은 건지 알 수 없지만, 파스를 그렇게 붙여도 낫지 않던 무릎이 간단한 손바닥 마사지로 나은 건 사실이다. 이렇게 내 몸을 내가 직접 누르고 문질러주고 쓰다듬어 주는 건 즉각적인 치료법에 속한다.

나한테 맞는 방법을
이용해 치료했다_2

여기에 **스트레칭과 점진적 근육 이완 운동**을 해줬는데 이 두 가지는 '암 생존자 통합지지 센터' 상담 시 받은 건강 달력에 있는 운동이다. 이것은 그림으로 되어 있어 책에 올리기가 어려워 소개만 하겠다.

스트레칭과 점진적 근육 이완법은 각각 4분에서 5분 정도씩밖에 걸리지 않아 부담이 적다. 그래서 수시로 해주면 좋다. 이 두 가지는 햇볕을 쬐고 걷다가 중간에 벤치에 앉아서 해주는데 스트레칭은 선 채로 하고 점진적 근육 이완법은 앉아서 한다.

특히 점진적 근육 이완법은 앉을 수 있다면 지하철, 버스, 자동차 안에서도 할 수 있다.

앞에서 자주 강조하는 '걷기'는 '햇볕을 쬐며 걷기'에 의미가 있지만, 시간을 내기 어렵다면 '걷기'에 일단 의미를 둬도 효과가 있다. 만약 오전에 걷기 어렵다면 오후에라도 걸으면 된다. 그 대신 기상은 아침 일찍 하고, 너무 늦은 밤에는 운동하지 않는 게 좋다.

여기서 주의할 것은, 50대 이상 환우라면 무조건 유산소 운동만 하지 말고 스트레칭을 자주 해줘야 한다. 나이가 들어 무릎과 발목이 가뜩이나 약해졌는데 계속 걷기만 하거나 달리기만 하면 통증이 심해질 수 있다.

스트레칭은 몸을 유연하게 해주면서 자연스럽게 근력 운동도 된다. 스트레칭과 점진적 근육 이완 운동은 기구를 사용하지 않아 더욱더 편리하니 자주 했으면 한다.

***

나한테 맞는 방법을
이용해 치료했다_3

그리고 부가적인 방법은 두 가지다.

'오일'과 '광 테라피'를 이용해 생활에서의 의지처를 만들었
다. 내 생각을 바꿔 실천하고 마사지를 해주는 건 꼭 내가 해
야만 하는 것이라 의지가 좀 약해질 때도 있는데 이런 비상의
경우를 생각한 것이다.

햇볕 쬐고 걷기와 즉각적 반응법을 실천하면서 부가적인 방
법도 바로 실천했는데 나중에 보니 위에서 출처를 밝힌 책에
서도 오일이 좋다고 적혀 있어 기분이 좋았다.

-라벤더 오일
몸과 마음을 이완 시켜 불안을 해소해주고

-감귤류 오일
우울한 마음에 원기를 북돋아주는

효과가 있다고 한다. 특히나 공황장애에 효과적인 오일은 라벤더 오일과 감귤류 오일이라고 한다, 감귤류 오일은 라임, 만다린, 레몬, 오렌지 오일 등인데 그중에서 레몬 오일은 더욱 좋다고 한다.

나는 라벤더 오일, 자몽 껍질 오일, 일랑일랑 오일, 연필향나무 목부 오일, 베르가모트 오일이 함께 있는 오일을 자기 전 침대 머리맡에 한, 두 방울 뿌리거나 잠옷 깃에 한 방울 묻히고 잔다.

오일을 뿌릴 때는 한, 두 방울만 뿌리면 좋다. 과도하게 많이 뿌리면 혈압이 낮은 사람의 경우 간혹 혈압이 더 떨어질 수도 있다. 염려되는 경우에는 침대 발치나 이불 가운데 등 코와 멀리서 뿌리면 좀 더 안전하겠다.

불안할 때 뚜껑을 열어 가볍게 향기를 맡거나 아이가 만들어준 작은 향기 주머니에 묻혀서 가지고 다닌다. 이것 또한 효과가 아주 좋다.

오일 향기가 나는 잠자리에 편하게 누워 몸을 이완한다. '해파리 수면법'이라고 있는데, 누워서 눈부터 힘을 빼고 입을 편하게 벌린 채 힘을 빼고 턱, 어깨, 팔, 배, 엉덩이, 허벅지, 종아리, 발 이렇게 상체에서부터 하체로 스르륵 힘을 빼는 '이완'을 하는 것이다.

잠들기 전에만 입을 벌려 이렇게 이완하는 것이다. 자기 전에 긴장을 풀라는 것이다. 평소에도 눈과 입에 힘을 꽉 줬다 천천히 펴면 이완 운동이 되어 시원하다.

'해파리 수면법'은 해군 운동심리학자이면서 대학 육상코치인 '버드 윈터'가 미국 해군 조종사들의 스트레스를 해결하기 위해 개발한 수면법이다.

또 하나의 방법은 '광 테라피'인데 원래는 일조량이 매우 부족한 북유럽 국가에서 먼저, 많이 사용하는 것이라고 한다. 먹는 멜라토닌과 함께 말이다. 멜라토닌은 수면제가 아니다.
뇌에서 분비되는 생체 호르몬으로 불면증 치료에 사용되는 약물이다. 멜라토닌 수용체를 활성화해 자연적인 수면을 유도하는 작용을 하는데 의사가 처방해주는 멜라토닌(서카* 서방정 등)이 있고 일반적으로 사는 멜라토닌 영양제가 있다.
이 두 가지는 다르다고 한다.
한국에서는 멜라토닌 영양제나 광 테라피 기구를 해외직구로 구매하는 등의 방법이 있는데 미국에서는 멜라토닌 영양제를 마트나 약국에서 누구나 구매할 수 있다고 한다.
멜라토닌도 장기적으로 먹으면 부작용이 있을 수 있다고 하고 개인적으로도 먹지 않는데 관심이 있는 환우는 의사와 상담했으면 한다.

내가 사용하는 광 테라피 기구는 크기가 태블릿 PC만 한데 오전 8시에서 9시 사이에 약 30분 정도 피부에 빛을 쏘여 주는 것이다. 빛을 정면으로 보지 말고 측면으로 보면 시력에 이상이 없다고 하고 눈을 통해서 빛을 받아들여야 효과가 있다고 하는 기구도 있다.

하지만 나는 선글라스를 쓰고 빛을 쏘인다. 정신의학과 전문의한테 확인하니 이왕이면 선글라스를 쓰고 피부에 쏘이라고 해서 그렇게 하고 있다. 무엇이든 안전한게 좋으니까.

광 테라피 치료는 이렇게 오전에 빛을 받으면 이후 14시간 정도가 흐른 뒤 자연스럽게 수면을 유도하는 호르몬이 분비된다는 것이다. 이것 역시 효과가 괜찮다.

흐린 날이나 장마철, 겨울철, 몸이 많이 아픈 날 등 햇볕을 쐬기 어려운 날도 많기 때문에 집에 구비하고 사용하면 치료에 도움이 될 것이다.

처음에는 '쉬운 듯 어려운 이것들'을 꼭 해야만 한다는 부담감이 클 수밖에 없어서 생각을 바꾸려고 해도 잘 안 됐다. 의사도 '반드시 해야 한다.'는 생각을 버리라고 했지만, 솔직히 그 '반드시'가 없으면 의지가 약해질 것 같았다.

사람마다 성향이 다르니 각자 성향에 맞춰서 하는 것도 좋을 것 같다. 나는 원래 계획대로 잘해가는 게 맞는 성향이니 약간 모범생처럼 실천하는 게 맞았다.

지금은 비장하게 하고 있지만, 나중에 체력과 자신감이 더욱 더 생기면 마음 또한 좀 편해져서 '행복하고 자연스러운 생활'이 될 것이라고 믿는다.

나한테 맞는 방법을
이용해 치료했다_4

잠자기 약 1~2시간 전부터는 노란색의 간접조명을 켜놓아 안정되게 했다.

노란불을 켜 놓은 시간부터는 가볍게 책을 읽는다든지 하는 등의 편안한 행동 위주로 했다.

예전 같으면 어떤 일을 하든지 점심시간까지는 기운을 못 차리다가 오후 2시 쯤 넘어서야 집중이 되어 그때부터 쉴 틈 없이 멀티로 일을 하고 밤 10시가 넘어 새벽 1시~2시까지도 많은 집안일을 하고 작업(일)을 하고 아이들 가정통신문을 챙기는 등 몸과 신경을 긴장시키는 일을 정말 많이 했다.

그러니 잠은 새벽 3시가 다 되어 드는 경우가 대부분이었다.

전형적인 야행성 인간이어서 더욱 그랬다. 새벽 3시쯤에 잠들어 오전 7시에 일어나니 늘 잠이 부족하고 낮에 쪽잠을 좀 자도 피로가 풀리지 않는 만성 수면 부족이었다.

그러나 지금은 밤 10시부터는 몸과 마음의 긴장을 푸는 행동을 하고 자정 이전에 잠자려고 생활을 바꿨다. 많은 일은 이른 오전에서 늦은 오후까지 마치려고 '뼛속부터 야행성 인간'이 정말 노력한다.

일찍 자고 일찍 일어나야 치료 효과가 좋다.

***

단약계획을
조급하게 잡지 않았다

 내 몸과 마음이 단련되었을 때, 만약 약물치료를 하는 중이라면 예전보다 증상이 많이 좋아지고 일상이 잘 유지된다고 느낄 때 단약 계획을 세워야 한다.

 최대한 조금씩 감약하고 각 유지 기간을 최대한 길게 할수록 안전하다.

 내 증상의 원인 즉, 환경, 사람, 일, 염려 등이 전혀 해결되지 않고 나를 계속 불안하게 하는데 이럴 때 단약시도를 하면 너무 힘들다.

 가장 먼저 의사와 상담해야 한다는 것도 꼭 기억했으면 한다.

***

운동했다.
유방암 환우에게는 운동이 정말 중요하다

유방암 환우는 체중이 늘면 안 좋다. 어떤 질환을 가진 환우나 비슷하겠지만 유방암 환우는 더욱더 조심해야 한다.

왜냐하면 치료 약으로 지방간이 생기거나 중성지방 수치가 올라가는 경우가 많다. 복부에만 살이 찌는 부작용도 올 수 있어 유방암 환우는 늘 운동을 열심히 하고 식단관리를 잘해야 한다.

나는 지방간이 있고 원래도 간 수치가 좀 높았는데, 항호르몬 치료 약과 정신과 약 때문에 간 수치가 높아져 고생했다.

유방암 환우는 암의 특이성과 치료 약으로 투병 기간 중의 생각지도 못한 어려움이 너무 많아서 반드시 운동하여 체력을 키우면서 체중을 잘 유지해야 한다. 체력이 생기면 자신감도 생기고 두려움도 줄어든다.

안과에
잘 갔으면 한다

약의 부작용과 금단증상이 심할 경우 복시나 침침하고 눈이 잘 보이지 않는 등 안과 쪽으로 매우 불편하다.

특히 브레인 포그와 함께 어지럽고 눈이 잘 보이지 않는 증상은 정말 당황스러워 어쩔 줄 모를 정도였다.

나는 당뇨도 있어 당뇨망막증을 늘 염려해야 하는데 예상치 않은 이런 난관에 부딪히니 막막했다. 일단 없는 기운을 내 안과 진료를 했다. 여러 검사를 하니 별다른 이상은 없었다. 다만 단기간에 시력이 너무 나빠졌다.

그간 안경렌즈 시력을 올려야 하는데 게으름을 부리다 못 올린 걸 고려하더라도 6단계가 나빠졌다. 그것도 훨씬 시력이 좋았던 오른쪽 시력이 급격히 나빠졌는데 안과 전문의 의견은 일단 2단계만 올려 적응하자고 했다.

한 번에 시력을 너무 많이 올리면 무리가 되니 그렇다는 것이다. 안구 건조증도 엄청히 심해 치료 약과 인공눈물을 처방받아 매일 열심히 점안했다.

 물론, 이후 금단증상이 최악으로 심하고 공황발작이 있고 난 뒤 동공이 확장되면서 시력이 더욱 안 좋아진 후 안과에 다시 가지는 않았다. 일단 단약 일정을 다시 계획하고 체력을 키우면서 시간을 기다렸다.

 그렇게 단단한 마음으로 하루하루를 보낸 끝에 드디어 눈이 조금씩 보이기 시작했다. 잘 안 보인 지 28일 만이다. 운동하는데 풀 색깔이 선명한 초록색으로 보였고 세차게 흘러가는 물결의 움직임이 정상적으로 느껴졌다.

 하지만 나처럼 버티지 말고, 이런 증상이 이어지면 귀찮더라도 다시 안과를 갔으면 한다. 환우는 병원을 많이 다녀야 해서 시간, 비용에서 힘들겠지만 확인해서 나쁜 건 없기 때문이다.

***

일단 3주만 실천해보면 느낌이 온다.
걸어야 산다

관리하는 기간을 너무 오래 정하면 힘들 수도 있다. 도대체 언제까지 이렇게 해야 하지? 하면서 불안할 수 있다.

이럴 때는 부담을 조금 내려놓고 '일단 3주 만 해 보자!'라고 실천하면 훨씬 덜 부담스럽다. 그 3주를 '정말 열심히 실천하겠다.'라고 마음먹으면 나도 미처 모르는 어느 순간부터 체력이 좋아지면서 자신감이 생긴다.

사람이 어떤 새로운 습관을 가지는데 3주가 걸린다고 한다. 나도 50년 넘게 살면서 이렇게 하루도 빠짐없이 운동하고 생활습관을 실천한 건 정말 처음이다.

걸어야 산다.

걸을 수 있을 때 열심히 걸어야만 한다.

걷고 싶어도 불가피하게 걷지 못하는 상황이 될 수 있다. 사람 일은 정말 모른다. 하고 보니 확실한 효과가 있어 진작 왜 이렇게 못 했나 하는 후회가 들 정도서 아이들한테도 차근

차근 교육하고 있는 중이다.

"햇볕을 쐬고 걸어야 한다, 정말 걸어야 해. 알았지?"

 내 아이들도 평생 본인의 건강을 지키려면 방법을 알아야 하고 본인의 자녀에게도 알려줘야 하지 않겠는가?
 온 국민이 건강해지는 길이다. 걷는 데는 비싼 도구도 돈도 필요 없다.
 주의할 점은 당뇨가 있는 경우 발바닥이 두꺼운 면양말을 신고 꼭 운동화를 신고 걸어야 한다. 누구나 이런 양말을 신고 오래 걸으면 편하지만 특히 당뇨 환우의 경우에는 발에 상처가 나서 치료를 하지 않으면 괴사가 오기 때문에 양말과 신발을 신경 써서 신어야 한다.
 그리고 직장인이라면 점심시간을 이용해 20분 정도 걷고 주말을 이용해 걸으면 된다. 대중교통을 이용한다면 꽤 많이 걸으니 훨씬 도움이 되겠다.

식습관의 중요성을 깨달았다.
나눠서 억지로라도 먹었다

내가 그동안 식습관도 얼마나 부실하고 기저질환 복용 약에 대한 시간 분배에 대해 더 심사숙고하지 않았는지 하는 반성이 들었다.

식사 시간에 함께 복용해야 효과가 있는 약임에도 공복에 먹은 적도 많다. 이건 바로 식습관이 불규칙해서 생긴 일이다. 더구나 난 당뇨가 있는데도 철저한 식사 시간을 지키지 못했으니 당연히 몸이 축났을 것이다.

우선 식자재 정리를 다시 했다.

사과도 16분의 1로 잘라 그릇에 담고, 고구마도 소자를 사등분해서 담았고 삶은 달걀도 늘 준비했다.

그러니까 가장 간편하게 먹을 수 있는 필요 영양소를 먹을 수 있도록 최소한의 크기로 잘라 담았는데 그렇게 해야 비상시에 바로 먹을 수 있으면서 한 번에 많은 양의 과일이나 탄수화물을 먹지 않고 적당하고 건강하게 먹을 수 있어서이다.

탄수화물을 줄이라고 하지만 당뇨 환우는 탄수화불을 적당하게 꼭 먹어야 하므로 탄수화물, 지방, 단백질, 무기질, 비타민 이렇게 5대 영양소를 지키고자 노력했다.

요즘은 6대 영양소라고 해서 물이 포함된다고 하니 물도 충분히 마셨다. 그러나 물도 너무 한꺼번에 많이 마시면 심장에 무리가 가고 전해질이 부족해져 기저질환이 안 좋아질 수 있으니 내 체중에 맞춰 적당하게 조금씩 나눠서 자주 마셨다.

처음에 규칙 정하는 게 귀찮지 정확하게 습관을 만들어 놓으면 이후부터는 편하다.

***

메모
했다

나는 원래도 메모광이어서 무엇이든 메모를 한다.

그러나 치료를 위해 적는 건 좀 다른 메모인데, 내가 지금 가장 불안한 게 무엇인지 적는 것이다. 하나하나 적다 보면 정말 불안한 것, 조금 불안한 것 등이 한눈에 보일 것이다.

확인하면서 "이건 별것 아니네!"라고 불안의 번호를 하나씩 지우는 의외의 보너스도 생긴다.

다음 과정은, 불안하거나 불안해지려고 할 때 입을 열어 내게 말하는 것이다.

양 손바닥을 뜨겁게 비벼서 오른손으로 심장 부분을 부드럽게 문지른다. 그러다가 혈 자리 거궐에 대고 역시 부드럽게 문지르면서 "괜찮아, 금방 지나가. 아무것도 아냐, 걱정 마!"라고 말하면서 복식호흡을 한다.

앞에서 말한 과호흡 발작을 안정시키는 호흡법을 하다 보면 불안이 줄어든다.

이런 과정을 반복하다 보면 어느 순간 담대하고 자신감이 붙는다. 입을 열어 말하기 어려운 곳(외부)이라면 기도하듯 속으로 얘기해도 된다.

심장 부분과 거궐을 번갈아 문지르는데 이외에도 내 몸의 다른 부분을 내가 자주 문지르고 눌러주면 정말 안정이 된다.

***

찬양을 늘
틀어 놓았다

나는 피아노찬양을 늘 틀어 놓았다. 잘 때도 일할 때도 그렇다. 예전 같으면 잘 때 조용해야 했지만, 이런 증상을 겪고부터는 누군가 함께 있는 게 안심되고 음악 소리, 라디오 DJ 소리라도 들리는 게 훨씬 안정된다.

이런 것도 다 치료가 되는 과정이니 용기 잃지 말고 계속 힘내길 바란다. 명상, 백색 소음 등 각자 선호하고 편한 것을 틀어 놓으면 된다. 치료가 잘 되어가고 있으면 음악을 틀든 안틀든 잠이 온다.

또 나는 음악 마니아라서 좋아하는 음악을 계속 들었다. 증상이 심할 때는 아무것도 할 수 없지만, 조금 회복되려고 할 때 '내가 좋아하는 것'을 하면 회복이 더욱더 빨라진다. 그러니까 나만의 취미가 있으면 투병에 정말 도움이 된다.

***

혈액순환에
신경 썼다

컴퓨터 앞에 앉기 전이나 뭔가 집중해서 한참 앉아 있기 전에 까치발 20번을 하고 스트레칭을 간단하게 한 후 앉았다.

오래 앉아 있다가 휴식 시간을 잘 놓치는데 이럴 때 혈액순환이 안 되어 심장부정맥이 잡히거나 혈압이 떨어질 수도 있기 때문이다.

뭐든 예방이 중요하다. 대중교통을 기다릴 때도 이렇게 까치발을 20번 해주면 혈액순환이 되어 좋다.

실천하기
작성하기 예시

***

여는 글에도 쓴 얘긴데, 단약, 감약을 할 경우에는 반드시 정신건강의학과 전문의와 상담한 후에 해야 한다.

단, 정신건강의학과 전문의는 정신과 약을 복용한 후 단약이나 감약을 해서 끔찍한 금단증상을 겪지 않았으므로 곤경에 처한 환우의 상태를 세밀하게 알지 못할 가능성이 있다.

그래서 단약하고 싶다고 할 때 감약 일정을 의논하면서 최대한 환우의 몸 상태에 맞춰 알려달라고 거듭 요청해야 한다.

전문의는 2분의 1씩 감약하고 사흘을 유지한 후 나머지 2분의 1을 감약하라고 했지만, 환우가 직접 느끼는 고통이 커서 4분의 1씩이나, 5분의 1씩, 유지 기간은 약 1주에서 2주 정도의 감약이 맞을 수도 있기 때문이다.

유지기간은 최소 1주일은 되어야 안전하다.

정신과 약은 '복용하는 환우 자신'이 가장 빨리 끊고 싶다. 그러나 단기간에 무리하게 끊으면 금단증상(이것이 심각한 공황

장애로 발전하기도 한다)이 심해져서 건강에도 현실적인 문제
가 발생한다.

다시 한번 강조하지만 '빨리 끊는 게 중요한 게 아니라 안전
하게 끊는 게' 중요하다!

잘 먹고, 잘 자고, 잘 쉬고, 운동하면서 해야 어려움이 적다.

(예, 먹는 약)

-기저질환 명

(당뇨)

-기저질환 복용 약

(경구 혈당강하제 --> 하루 1회 1알 복용, 아침 식사하면서 복용)

-정신건강의학과 진단명

(공황장애)

-정신건강의학과 복용 약물 2종류

(항우울제 ○○○○ 5mg 자기 전 하루 1알 복용, 항불안제 ○
○○○ 1mg 자기 전 하루 1알 복용)

(예, 단약 일정)

전체적인 단약 일정을 정한 후 감약 일정을 정한다.

(항불안제 먼저 감약, 항우울제는 그대로 먹는다, 항불안제
단약을 완료한 후 항우울제 단약 일정을 정한다)

<예를 들어 항불안제 1mg을 먹고 있는데 4분의 1씩, 유지 기간 2주로 하면서 줄이고 싶다면>

* 0.25mg 감량하여 0.75mg 복용(2주) -> 0.25mg 감량하여 0.5mg 복용(2주) -> 0.25mg 감량하여 0.25mg 복용(2주) --> 단약 --> 1주일~2주일 휴식(몸과 마음을 추스르는 시간) --> 항우울제 단약 시작----진행----> 항우울제까지 단약한 후 1주일~2주일은 휴식(몸과 마음을 추스르는 시간)

이런 방법으로 한다. 단번에 단약을 하거나 무리하게 높은 용량의 감약을 한 후 유지 기간을 3~4일 정도 짧게 가지면 뇌가 적응하지 못해 심한 금단증상이 올 수 있다.

만약 환우의 상태가 1주가 적당하다면 유지 기간은 1주로 해도 되겠지만 최소 1주일로 해야지 1주일 이하로 짧게 정하면 안 좋다.

항우울제는 그대로 먹으면서 항불안제 감약을 하고, 항불안제 단약에 성공하면 잠시 쉬는 기간을 가진 후 항우울제도 단약 일정을 잡는다. 잠시 쉬는 이유는 '항불안제 단약을 하느라' 지친 몸과 마음의 피로를 조금 풀어주기 위함이다.

쉬는 기간은 1주일~2주일 정도면 좋을 것 같다.

이 기간은 약을 완전 단약한 기간이므로 힘들 수 있어 몸과 마음을 다시 정비해 추스르는 게 좋다. 만약 완전 단약 전에 항불안제를 0.125mg으로 작게 분할해 더욱더 안정되게 끊고 싶으면 0.125mg을 먹는 2주를 추가하면 되겠다.

그러나 만약 환우가 바로 단약 일정을 이어서 감당할 몸과 마음이 잘 되어 있다면 항우울제 단약도 항불안제를 단약하는 방법으로 바로 시작하면 된다.

2가지 약을 완전하게 단약한 후에도 1주일~2주일 정도 휴식 기간을 정해 몸과 마음을 추스른다. 신경 써서 잘 먹고, 최대한 잘 수 있도록 하며 운동하고 마음을 강하게 훈련한다. 마치 수술 환우처럼 수술 전 관리, 수술, 수술 후 회복 이런 식으로 하는 것이다.

항우울제와 항불안제를 함께 먹을 경우, 항불안제부터 단약하는 게 맞냐고 정신건강의학과 의사에게 물어봤다. 그렇다고 했다.

항불안제 단약이 더 어려워서 그렇게 하는 것이 좋다고 했고 항우울제 단약은 좀 수월하다고 했다. 만약 이럴 때 항우울제는 그대로 먹으면서 항불안제를 먼저 단약하면 된다. 항우울제를 그대로 먹으니 완화작용을 해줘 항불안제 단약에 도움이 될 것이다.

그리고 항우울제와 항불안제를 먹는데 만약 수면제까지 먹고 있다면 정말 안 좋다. 이럴 때는 항불안제가 완화 작용을 해줄 수 있으니 이때 수면제를 단약하면 된다.

처음에는 수면제처럼 한 번에 잠이 오지 않지만 불안함을 눌러 줘 한 이틀 정도 잠 못 잘 각오를 하고 견디면 수면제를 끊을 수 있다. 몸과 마음이 힘들지만 이런 방법으로 단약하면 견딜 만하다.

이렇게 하나하나, 차근차근 안전하고 건강하게 단약하면 모두 할 수 있다.

약의 종류가 많을수록, 용량이 높을수록, 복용 기간이 길수록 단약 기간도 길어져 조급해지고 힘들겠지만 이렇게 천천히, 안전하게 단약해야 다시는 정신과 약을 먹지 않게 될 것이다.

물론, 이후에도 계속 건강관리를 하고 마음을 담대하게 다지는 훈련을 지속해야 한다. 그렇다면 비슷한 증상이 가끔 닥친다고 해도 약 없이 무난히 이겨낼 수 있다. 모두 할 수 있으니 용기 냈으면 좋겠다.

※ 기저질환이 있는 경우에는 10분의 1씩 감약 한다는 마음으로 해야 안전하다고 한다.